LITRA *l* DUKT

GARY VICTOR

Eine Violine für Adrien

Aus dem Französischen
von Peter Trier

LITRADUKT

Bibliographische Information der Deutschen Nationalbibliothek:
Die Deutsche Nationalbibliothek verzeichnet diese Publikation
in der Deutschen Nationalbibliographie; detaillierte bibliographische
Daten sind im Internet unter *https://portal.dnb.de* abrufbar.

2024
Ungekürzte Ausgabe
Litradukt, Literatureditionen Manuela Zeilinger-Trier,
www.litradukt.de

Das französische Original erschien 2023 unter dem Titel
»Le violon d'Adrien« bei Mémoire d'encrier, Montreal, Kanada.
Litradukt, Literatureditionen Manuela Zeilinger-Trier,
Trier 2024, *www.litradukt.de*

Aus dem Französischen von Peter Trier
Umschlaggestaltung und Satz: Berliner Süden
Umschlagabbildung: Alex Smirnov, Quelle: Unsplash
Herstellung: CPI Clausen und Bosse, Leck
Printed in Germany

ISBN: 978-3-940435-47-7

Die Fußnoten stammen vom Übersetzer.

An einem Samstagvormittag kam meine Mutter vom Markt zurück, wo sie immer die Einkäufe für die Woche erledigt. Ich spielte im Garten Murmeln mit Freunden aus dem Viertel, war aber nicht recht bei der Sache, denn ich trug einen großen Kummer mit mir herum, seit mein Vater es abgelehnt hatte, eine Violine zu kaufen. Das war die Voraussetzung dafür, dass ich den Unterricht bei Monsieur Benjamin fortsetzen konnte. Ich hatte all meine Glaskugeln verloren, aber stolz, wie ich bin, wollte ich, in der Hoffnung, sie zurückzugewinnen, die Partie fortsetzen. Mir fielen die Kugeln wieder ein, die meine Mutter mir in der Woche zuvor abgenommen hatte, weil ich meine Hausaufgaben in Mathematik vernachlässigte, dem einzigen Fach, in dem ich ernstliche Schwächen habe. Ich wusste, wo sie sie versteckt hatte: in einem Einmachglas in ihrem Kleiderschrank. Da sie annahm, ich sei im Garten, schlich ich mich ins Haus, während sie in der Küche beschäftigt war. Ich trat in ihr Schlafzimmer, das nicht abgeschlossen war, ging zu dem Schrank, dessen beide Türen offenstanden, und erblickte das Glas zwischen den Handtaschen meiner Mutter und den zahlreichen Produkten, mit denen sie sich hübsch macht, wenn mein Vater zu Besuch kommt. Ich hatte jedoch nicht die Zeit, meine Murmeln wieder an mich zu nehmen, denn ich hörte Schritte und sah, wie sich die Türklinke bewegte. Um nicht entdeckt zu werden, blieb mir nichts anderes übrig, als mich hinter den Kleidern zu verstecken. Ich bin mit meinen vierzehn Jahren nicht kräftig gebaut, was meine Klassenkameraden gelegentlich ausnutzen, um sich beim Sport durchzusetzen. Ich betete zu Gott, meine Mutter möge nicht zum Schrank kommen, denn ich hätte nur schwer erklären können, was ich inmitten der Rüschen, Volants und Spitzen zu suchen hatte. Sie blieb jedoch vor dem Bett stehen, hob die Hände zum Himmel und brach vor meinen Augen in Tränen aus: »Jesus! Ich hätte ihn nicht zu diesem Geigenunterricht anmelden dürfen. Ich kann ihm keine Violine kaufen. Das ist zwar an sich nicht unbezahlbar, für mich aber schon. Ich weiß nicht, was ich tun soll, Jesus. Ich liebe meinen Adrien doch so. Ich kann mir gut vorstellen, dass er eines Tages Konzerte gibt wie Monsieur Benjamin.« Meine Mutter schluchzte, und sie schluchzte meinetwegen.

Ich bin nicht oft krank. In der Schule habe ich gute Noten, und abgesehen von gelegentlichen Nachlässigkeiten bei den Hausaufgaben in Mathematik hat sie keinen Grund, sich meinetwegen Sorgen zu machen. Ich hatte nicht den Mut, hinter ihren Kleidern hervorzukommen und ihr zu sagen: »Mama, weine nicht. Es ist doch nur eine Violine. Irgendwann mache ich mit dem Unterricht weiter.« Zugleich war ich niedergeschlagen. Ich fühlte, wie der Boden des Schranks unter meinen Füßen schwankte. Nein! Es ist nicht möglich, dass ich nicht weiter Geige lerne. Ich hatte geglaubt, meine Mutter würde für meinen gleichgültigen Vater einspringen. Er hatte sich eines Abends darüber lustig gemacht, dass ich dieses Instrument so liebte, in einem Land, so behauptete er, in dem es für Künstler keinen Platz gibt. Jedenfalls seien sie größtenteils mittellos, verkommen, Alkoholiker, drogensüchtig oder, ihm zufolge noch schlimmer, *masisi**.

Meine Mutter, die von morgens bis abends an ihrer Nähmaschine sitzt, kommt kaum über die Runden. Mein Vater, einfacher Gymnasiallehrer für Geschichte, unterstützt sie kaum. Meine Mutter hat sich bereits bei einer Freundin aus dem Viertel darüber beklagt, dass mein Vater zwei weitere Frauen unterhalten muss. Sie wischte sich die Tränen ab. Ich sah, dass sie nur schwer Luft bekam, als ob wieder einer der Asthmaanfälle drohte, die eigentlich verschwunden waren, seit Tante Gisèle eigens aus Surinam zurückgekehrt war, um ihr Tees aus Kräutern und Wurzeln zuzubereiten. »Wie soll ich Adrien beibringen, dass er seinen Geigenunterricht unterbrechen muss, wo Monsieur Benjamin mir doch gestanden hat, dass er der beste Schüler im Kurs ist?« Sie hob erneut die Hände zum Himmel. »Jesus! Dir vertraue ich meinen Kummer und meinen Schmerz an. Dein Wille geschehe!« Nachdem meine Mutter aus dem Zimmer gegangen

* Schwul.

war, verharrte ich einige Minuten versteinert hinter den Kleidern mit dem Duft ihres Körpers und ihrer zahlreichen Parfums.

Es gibt nichts Unerträglicheres, als seine Mutter weinen und klagen zu sehen, wenn sie sich allein wähnt, ohne Zeugen außer Gott oder den Geschöpfen der unsichtbaren Welten. Man verspürt dann stärkeren Schmerz, ist man doch gezwungen, sie mit ihren Qualen, gegen die man nichts vermag, allein zu lassen. Man darf seine Gegenwart nicht verraten, um sie irgendwie zu trösten, denn man ist in ihren intimen Bereich eingedrungen.

Ich hatte meine Glaskugeln vergessen. Meine Kameraden draußen wurden sicher ungeduldig. In diesem Moment beschloss ich, selbst das Geld für meine Geige aufzutreiben.

»Du bist perfekt«, sagte meine Mutter, während sie mich im Spiegel musterte.

Sie stand hinter mir. Mit kundiger Hand richtete sie meine Fliege.

»Wie sehr du deinem Vater ähnelst!«

In ihrer Stimme schwang dabei eine Mischung aus Stolz und Traurigkeit mit. Ich verstand die Zwiespältigkeit ihrer Gefühle gegenüber meinem Vater. Liebe, Zärtlichkeit, Respekt, aber auch Zorn, weil mein Vater ihr die Stabilität eines Ehelebens verweigerte. »Ich werde niemals deine Geliebte«, hatte ich sie eines Abends zu meinem Vater sagen hören. »Du musst dich entscheiden, Charles. Sonst bleibe ich allein mit Adrien. Gott wird schon für uns sorgen.« Mein Vater war wortlos gegangen. Ich hatte gefürchtet, ihn nicht wiederzusehen. Eine Woche später war er jedoch zurückgekehrt, in der Hand einen großen Blumenstrauß und eine riesige Packung Schokoladeneis, auf das meine Mutter ganz versessen ist. Sie hatten sich, zu meiner großen Freude, abgeküsst wie zwei Turteltäubchen, dann hatte ich nie wieder einen Streit zwischen ihnen gehört. Mein Vater hatte meiner Mutter zwei Karten für das Konzert an diesem Abend geschenkt. Er wusste, dass ihr das eine enorme Freude bereiten würde. Monsieur Benjamin, der Geiger, der an diesem Abend auftrat, hatte einige Karten an die Zeitung geschickt, in der mein Vater hin und wieder Artikel veröffentlichte.

»Ich lege etwas Parfum auf, und wir machen uns auf den Weg«, sagte meine Mutter. »Wenn wir zu spät kommen, dürfen wir nicht mehr in den Konzertsaal.«

Sie war stolz auf mich in diesem Anzug, in dem ich aussehe wie die »kleinen Neujahrstage« – das ist die boshafte Bezeichnung für die Kinder, die am ersten und zweiten Tag des Jahres für den Besuch bei Patenonkel und -tante im Besonderen und der Familie im Allgemeinen herausgeputzt werden. Es heißt, dass bei dieser Gelegenheit vor allem die aufgetakelt werden, die es sich nicht leisten können, sich das Jahr über gut zu kleiden. Die Eltern vergessen, dass seinerzeit auch sie ähnlichem Spott ausgesetzt waren. Ich fand mich lächerlich mit meiner zu großen Jacke und der an den Oberschenkeln zu engen Hose. In den neuen Schuhen taten mir die Zehen weh. Am liebsten im Boden versunken wäre ich allerdings wegen der Fliege. Am Neujahrstag hatte ich dasselbe angehabt. Der Fahrer des Taxis, das wir angehalten hatten, rief bei meinem Anblick aus: »Gade yon ti papa-doc!« »Ou gen yon pwoblèm ak papa-doc?«*, antwortete meine Mutter. Er ließ uns auf dem Bürgersteig stehen, und wir mussten auf ein anderes Taxi warten. Die Bemerkung hätte dem Chauffeur einen Aufenthalt im Gefängnis einbringen können, wenn meine Mutter Mitglied der Miliz, eine sogenannte Marie-Jeanne, gewesen wäre.

Wir kamen zu spät zum Konzert. Meine Mutter musste den Posten am Eingang anflehen, damit er uns in den Saal ließ. Nachdem dieser uns belehrt hatte, dass die Höflichkeit gebiete, pünktlich zu erscheinen, wenn ein großer Virtuose sich bereitfinde, den gewöhnlichen Sterblichen eine Kostprobe seiner zauberhaften Kunst zu geben, führte er uns zu zwei noch freien Plätzen in der letzten Reihe. Wir hatten das Glück, nebeneinander zu sitzen. Begleitet von einer Klarinettistin und einem Kontrabassisten entlockte Monsieur Benjamin seiner Geige Töne, die mich in Erstaunen versetzten. Nach jedem Stück spendete das Publikum stehenden Applaus, und er nahm die Huldigungen mit einer Verbeugung entgegen, bevor er das nächste Stück ankündigte. In andächtiger Stille – aber auch in extremer Hitze, denn auf Verlangen des Geigers waren die Ventilatoren an den Wänden ausgeschaltet worden, weil ihr Brummen ihn bei der Ausübung seiner Kunst stören könnte – ließ ich mich von dieser Musik hinreißen, die ich zum ersten Mal hörte, und verfiel vor allem dem Zauber des Instruments, das mit dem Musiker zu verschmelzen schien, um die wundervollsten Tonfolgen hervorzubringen. Die Zuhörer klatschten wie wahnsinnig. Am Ende der Darbietung stieg ein Offizier in Paradeuniform auf die Bühne und überreichte dem Violinisten einen Blumenstrauß. In kurzen

* Sieh an, ein kleiner Papa Doc! – Haben Sie ein Problem mit Papa Doc? (François Duvalier, alias Papa Doc, trug oft eine Fliege.)

Worten bat er ihn, den Präsidenten der Republik auf Lebenszeit zu entschuldigen, der zu seinem Bedauern nicht zugegen sein könne, aber mit ihm einen Vertreter geschickt habe. Das Publikum applaudierte auch den Worten des Offiziers, eine einfache Geste der Höflichkeit, aber auch der Vorsicht.

Auf der Heimfahrt im Taxi fragte mich meine Mutter, noch betört von dem Violinisten, ob ich an Geigenunterricht interessiert war. Ich machte große Augen. Einen solchen Vorschlag hatte ich nicht erwartet. War es möglich, dieses Instrument zu erlernen, mit dem man so wunderschöne Musik spielen konnte? Es verschlug mir fast den Atem bei dem Gedanken, ich könnte eines Tages spielen wie Monsieur Benjamin, würde ebenso viel Beifall erhalten und dürfte vor allen Dingen als zusätzliche Auszeichnung aus den Händen eines schicken Offiziers einen Blumenstrauß des Präsidenten der Republik entgegennehmen!

»Willst du wirklich, dass ich Geigenunterricht nehme?«, fragte ich meine Mutter mit klopfendem Herzen.

»Deswegen habe ich dich zu diesem Konzert mitgenommen, Adrien. Damit du selbst Interesse an der Violine finden kannst. Mein Vater wollte, dass ich Geige lerne. Er hatte es mir versprochen.«

Meiner Mutter versagte die Stimme.

»Aber meine Mutter, deine Großmutter, hat meinen Vater vor die Tür gesetzt. Sie hat ihn nicht besonders geliebt. Ein charmanter Sergeant hat ihr den Kopf verdreht. Und so konnte ich nie Geige lernen. Ich habe meinen Vater nicht wiedergesehen. Er ist einige Monate später gestorben. Ich konnte nicht zu seiner Beerdigung. Ich war etwa so alt wie du. Dein Vater kennt die Geschichte. Deswegen hat er alles getan, um mir die Karten für dieses Konzert zu verschaffen.«

Sie wischte sich eine Träne aus dem Augenwinkel. Ich nahm ihre Hand, die mir ungewöhnlich kalt vorkam.

»Weine nicht, Mama. Ich strenge mich in diesem Kurs an, damit ich ein genauso großer Geiger werde wie Monsieur Benjamin.«

Sie drückte mich an sich. Ich liebe meine Mutter so sehr. Nie möchte ich von ihr getrennt sein. Ich hätte gewünscht, dieser Moment würde ewig dauern.

»Morgen melde ich dich an. Sobald dein Vater mir die Karten überreicht hat, wollte ich wissen, ob Monsieur Benjamin auch Stunden gibt. Und ja, das tut er. Besser noch, er unterrichtet gratis, wenn der Schüler die Noten gut kennt. Du hast das Glück, dass du das in der Schule gelernt hast, und du warst darin der Beste deiner Klasse. Ein neuer Kurs fängt nächsten Monat an.«

Der Fahrer, der unser Gespräch mithörte, griff in diesem Moment ein:

»Warum lassen Sie ihn nicht lieber Gitarre oder Orgel lernen? Diese Instrumente haben mehr Zukunft.«

»Kümmern Sie sich um Ihre Angelegenheiten, Monsieur«, erwiderte meine Mutter.

Er ließ es sich gesagt sein. Zum zweiten Mal an diesem Abend erhielt ein Taxifahrer von meiner Mutter einen – verdienten – Verweis.

So begann ich einen Monat später mit dem Geigenunterricht. Am ersten Tag war ich beeindruckt von dem regelrechten Ritual, das Monsieur Benjamin vorbereitet hatte. Wir waren zwölf Schüler in einem luftigen Saal im zweiten Stock eines Pfarrhauses, den der Pfarrer laut Monsieur Benjamin gratis zur Verfügung gestellt hatte. »Zwölf Schüler, wie die zwölf Jünger Christi. Ich hoffe, ihr seid den Anforderungen gewachsen.« Monsieur Benjamin reihte die zwölf Geigen in ihren offenen Kästen auf. Die Sonne des späten Nachmittags schien durch die offenen Jalousien und erzeugte auf dem Lack der Instrumente einen magischen Glanz. »Ich konnte erreichen, dass diese Violinen für unseren Kurs leihweise zur Verfügung gestellt werden. Behandelt sie in den Stunden, die wir hier miteinander verbringen werden, mit äußerster Sorgfalt. Vielleicht dürfen die Besten von euch nach ein paar Monaten ein Instrument zum Üben mit nach Hause nehmen. Ihr müsst auf diese Wunderwerke sehr gut aufpassen. Sie sind hier nicht erhält-lich und für kleine Geldbeutel nicht erschwinglich.« Bevor er uns erlaubte, die Geigen zu berühren und in die Hand zu nehmen, hielt er uns einen Vortrag über die Geschichte der Violine, die erstmals im Dezember 1523 in einem Register der allgemeinen Schatzmeisterei von Savoyen erwähnt wurde. Eine der ersten Beschreibungen des Instruments und seiner Quintstimmung findet sich im *Epitome musical des tons, sons et accords* von Philibert Jambe de Fer, veröffentlicht 1556 in Lyon. Wir verstanden von Monsieur Benjamins Ausführungen nicht allzu viel, sondern waren nur fasziniert von der Liebe und Bewunderung, die er seinem Instrument entgegenbrachte. Er erklärte uns, dass die Violine ein Streichinstrument mit vier, für gewöhnlich in Quinten gestimmten Saiten ist, das aus 71 miteinander verleimten oder auf sonstige Weise verbundenen Holzelementen besteht. Dann kam der Moment, auf den wir alle warteten. Auf sein Zeichen stürzten wir zu dem großen Tisch, als würden die, die zuerst kamen, die besten Instrumente bekommen. Mit der Violine in ihrem Kasten kehrten wir an unsere Plätze zurück, und Monsieur Benjamin beschrieb uns ihre sämtlichen Teile und Elemente. »Ich weiß, dass ihr alle die Grundlagen der Notenschrift beherrscht. Das war die Bedingung für die Aufnahme in diesen Kurs. Die erste Saite ist auf G gestimmt, die zweite auf D, die dritte auf A, die vierte auf E. Durch Zupfen kann man mit jeder Saite einen Ton spielen, aber nur einen. Wenn man mit allen Fingern spielt, kann man dagegen unendlich viele Töne hervorbringen. Man muss die Geige mit der Stimmgabel richtig stimmen. Durch Übung erlangt man aber ein gutes Gehör. Das Wichtigste beim Geigenspiel ist der Bogen. Wenn man über die Saite streicht, erzeugt man je nach Position des Fingers auf ihr die Klänge, die typisch für unser Instrument sind.«

Wir waren gefesselt von Monsieur Benjamins Erklärungen. Er strahlte beim Sprechen vor Freude. Er handhabte seine Violine mit Anmut und Respekt. Es wurde deutlich, dass sie für ihn das Kostbarste von der Welt war, denn dieses Instrument ist fähig, auf die Zuneigung oder die Feindschaft zu reagieren, die man ihm bekundet. Nachdem er seinen Vortrag beendet hatte – er dauerte eine gute Stunde, in der wir nicht müde wurden, ihm zuzuhören –, spielte er uns zu unserer Freude ein Stück vor. Es war zu kurz für uns, denn wir waren so hypnotisiert von den Bewegungen seiner Finger und des Bogens auf den Saiten, dass wir den ganzen Nachmittag, die ganze Nacht so hätten dasitzen und zuhören können. Er gewährte uns zehn Minuten Pause vor der ersten Lektion. Einmütig erklärten wir, wir seien nicht müde und wollten sofort mit dem Unterricht beginnen. Er lächelte. »Ich habe nichts anderes von euch erwartet«, sagte er mit zufriedenem Gesichtsausdruck. »Jetzt stellt euch alle hin. Es ist äußerst wichtig, zu lernen, wie man die Geige richtig hält. Sie falsch zu halten, ist eine Respektlosigkeit gegenüber diesem Instrument, das eine Gabe des Himmels an den Menschen ist. Ihr müsst lernen, mit eurer Geige zu verschmelzen. Sie darf keinen Auswuchs von euch darstellen, sondern sie muss einfach eins mit euch sein. Der Ton, den sie von sich gibt, ist dann der Ton eurer Seele, eures Herzens, eurer Eingeweide.«

Ich werde diese erste Stunde mit Monsieur Benjamin niemals vergessen.

Als ich nach Hause zurückkehrte, breitete die Nacht gerade ihren Schleier über die Stadt. Ich hatte getrödelt, um bei Madame Jeannette, die ihren Stand ganz in der Nähe von unserem Haus hat, ein wenig Frittiertes zu kaufen. Sie hat immer jede Menge Kunden und ist mit meiner Mutter gut befreundet. Sie richtete es so ein, dass sie mich rasch und mit einer kleinen Zugabe als Geschenk des Hauses bediente. Mein Vater saß auf der Veranda, die der Mandelbaum mit seinen buschigen Ästen zu umarmen scheint. Er unterhielt sich mit meiner Mutter, eine Flasche Rum vor sich. Das ist ein Zeichen, dass er guter Laune ist, denn er hat keinen Hang zum Alkohol. Ich habe nie erlebt, dass er gegenüber meiner Mutter laut geworden wäre oder gar gedroht hätte, sie zu schlagen. Meine Mutter sagt über ihn, er sei ein Gentleman, und sein einziger Fehler sei, dass er die Frauen zu sehr liebe. »Ich bete zu Gott, Adrien, dass du das Gute an ihm übernimmst.« Er schien erfreut, mich zu sehen. »Deine Mutter hat mir gesagt, dass dein Geigenunterricht heute anfängt. Ist es gut gelaufen?« Da ich wusste, dass außerschulische Aktivitäten aller Art ihn wenig interessierten, antwortete ich vorsichtig, ich sei mit der ersten Stunde zufrieden. Er reichte mir ein Buch: »Da! Ich hab es bei einem Antiquar in der Grand-Rue gefunden. Du glaubst gar nicht, was man alles an Büchern auf der Straße findet, sogar in diesen finsteren Zeiten. Violinkonzerte!« Er lächelte breit. »Du hast einen langen Weg vor dir, wenn du auf dieses Niveau kommen willst. Ich hoffe, du kannst es bald gebrauchen. Wenn deine Mutter so großen Wert darauf legt, dass du Geige lernst, dann sieh zu, dass du der Beste wirst. Und vor allem ...« Er hielt inne, sein Gesicht nahm den strengen Ausdruck an, der mir Angst macht. »Ich will nicht, dass deine Schulnoten unter diesem Unterricht leiden. Dass ist meine Bedingung dafür, dass du weitermachen darfst. Hast du verstanden?« Meine Mutter sah meinen Vater mit einem anhimmelnden Blick an. Sie bedeutete mir, dass sie ihm zustimmte. »Ich werde bessere Noten haben,

Papa. Mach dir keine Sorgen.« Er strich mir liebevoll über den Kopf und schob mir dann einen Geldschein in die Tasche. »Jetzt lass uns allein.« Ich ging eilig ins Haus, während meine Mutter sich verliebt auf seinen Schoß setzte. »Eines Tages«, dachte ich, »habe ich wie mein Vater eine Frau, die mich liebt.«

Die Geigenstunden fanden dreimal pro Woche statt, dienstags, donnerstags und samstags von drei bis sechs Uhr nachmittags. Von Beginn an erwies ich mich als der Beste der Klasse, sowohl in der Geschichte der Violine als auch im Notenlesen und im Umgang mit dem Instrument. Nach den ersten neun Monaten konnte ich als Einziger ein kleines Stück ohne allzu viele falsche Töne spielen. Monsieur Benjamin nannte mich vor der Klasse den Schüler mit der besten Fingerfertigkeit, dem besten Verhältnis zur Geige und beglückwünschte mich insbesondere zu der Leichtigkeit, mit der ich die einfachen Partituren las, während meine Kameraden große Schwierigkeiten damit hatten. Er teilte mir mit, dass ich zum Üben eine Geige mit nach Hause nehmen durfte. Das Privileg wurde noch zwei weiteren Schülern zuteil. Voll Stolz kehrte ich mit der Violine nach Hause zurück, zeigte sie meiner Mutter und gab ihr weiter, was Monsieur Benjamin über mich gesagt hatte. Sie drückte mich fester an sich als sonst und versprach, mir am nächsten Tag das gute Eis zu kaufen, auf das ich ebenso versessen war wie sie. »Kein Schokoladeneis«, insistierte ich. In diesem Punkt waren wir uns nicht einig, ich bevorzugte Rumrosinen- oder Stachelannonengeschmack.

Ich war im Kurs zu konzentriert auf das Geigenspiel, um den Neid meiner Kameraden zu bemerken. Zu spät wurde mir ihre Feindseligkeit klar. Sie trat zutage, als Monsieur Benjamin Freddy und Jean-Jacques darauf hinwies, dass sie auf demselben Stand wie ich sein müssten. Er fragte mich, ob ich eine Stunde vor Beginn des Unterrichts kommen und mit ihnen üben könnte. Ich konnte Monsieur Benjamin nichts abschlagen. Aber beim Herausgehen versperrten Freddy und Jean-Jacques mir auf der Treppe den Weg und drückten mich in einer dunklen Ecke an die Wand, ohne dass die anderen Schüler reagierten. Einer von ihnen ergriff meine linke Hand und verdrehte zwei Finger. Ich glaubte, das Knacken von Knochen zu hören, und schrie vor Schmerz auf. »Was ist da unten los?«, rief Monsieur Benjamin.

Freddy und Jean-Jacques liefen eilig davon und ließen mich, weinend um meine beiden Finger, auf dem Boden liegen. »Was ist passiert, Adrien?«, fragte Monsieur Benjamin. Ich stand auf und verbarg meine Hand, denn ich wollte ihm nicht verraten, was meine Mitschüler mir angetan hatten. »Ich habe eine Stufe verfehlt, Monsieur Benjamin«, log ich. »Es ist nichts gebrochen.« Er untersuchte mich mit besorgter Miene: »Bist du sicher, dass es geht? Soll ich dich nicht im Auto heimbringen?« Noch einmal bestätigte ich, dass es mir gut ging. Ich hatte mich beherrscht, um vor Monsieur Benjamin keine Tränen zu vergießen, aber auf der Straße weinte ich, so weh taten meine Finger mir. Ich konnte sie nur unter Schmerzen bewegen. Wenn sie gebrochen waren, war es aus mit meinem Geigenunterricht. Der Kurs dauerte noch drei Monate. Stärker als meine Finger schmerzte mich die Aussicht, eine Stunde zu versäumen.

Meine Mutter stieß einen Schrei aus, als sie mich kommen sah. Sie saß auf einem niedrigen Stuhl und schnitt Bananen, um einen Brei zuzubereiten. Das deutete darauf hin, dass mein Vater die Nacht im Haus verbringen würde. Er liebt dieses Gericht.

»Was hast du, Adrien?«, rief sie aus, stand auf und ließ alles fallen, was sie in der Hand hatte. Ich war tränenüberströmt. »Sie haben mir die Finger gebrochen, Mama ... Sie haben mir die Finger gebrochen.«

»Wer?«, fragte meine Mutter mit wutverzerrtem Gesicht.

»Freddy und Jean-Jacques. Sie sind mit mir im Geigenkurs ... Weil Monsieur Benjamin gesagt hat, dass ich der Beste bin.«

Meine Mutter nahm meine Hand, um meine Finger zu untersuchen. Dann holte sie eilig einen großen Topf und füllte ihn mit warmem Salzwasser.

»Tauch die Finger da hinein. Ich hole schnell Madame Jeannette. Halt durch, es dauert nicht lang.«

Sie ließ mich allein und kam rasch mit ihrer Freundin wieder. Diese betastete meine Finger schonungslos. Ich schrie vor Schmerz.

»Ich richte die Knochen wieder gerade, mein Junge«, sagte sie. »Das wird weh tun. Marthe, halte ihn gut fest. Er darf sich vor allem nicht bewegen.«

Meine Mutter stellte sich hinter mich und legte ihre Arme um meine Brust.

»Es wird sehr weh tun, Adrien«, warnte mich Madame Jeannette ein weiteres Mal vor. »Versuch stillzuhalten. Atme durch.«

Meine Mutter ließ mich kurz los und strich mir zärtlich über die Stirn. Ich schwitzte.

»Adrien ... Willst du mit dem Geigenunterricht weitermachen? Darauf hoffen die kleinen Nichtsnutze. Dass du aufgibst.«

»Ich will weitermachen, Mama«, schluchzte ich mit Tränen in den Augen.

»Dann beiß die Zähne zusammen. Atme tief durch. Denk an nichts, nur an die Geige. Stell dir vor, dass du ein Konzert gibst wie Monsieur Benjamin. Willst du ein so großer Violinist werden wie er?«

»Ich will, Mama.«

»Dann zähle ich auf dich. Los, Madame Jeannette.«

Meine Mutter hielt mich fest. Madame Jeannette nahm meine beiden Finger. Ich schloss die Augen, um nicht zu sehen, was sie damit anstellte. Noch nie hatte ich einen solchen Schmerz gespürt. Ich sah in Gedanken Monsieur Benjamin auf der Bühne, wie er die Ovationen entgegennahm und der Offizier in Galauniform ihm den Blumenstrauß des Präsidenten der Republik auf Lebenszeit überreichte. Plötzlich hörte der Schmerz auf. Meine Mutter drückte mir mehrere Küsse auf die Wange.

»Du bist ein großer Junge, Adrien! Ich bin stolz auf dich. Du hast dich nicht gerührt.«

Nun weinte sie. Madame Jeannette bat meine Mutter um Binden.

»Nach einer Woche sind deine Finger wieder so flink wie zuvor«, versicherte sie mir. »Du hast Glück, Adrien. Bei bestimmten Brüchen ist auch eine gute Knocheneinrichterin wie ich machtlos.«

Meine Mutter kam mit dem Verbandsmaterial zurück.

»Sie werden schon erfahren, was denen blüht, die sich an meinem Sohn vergreifen.«

Ich hatte zwei Stunden versäumt. Zur darauf folgenden erschien ich mit meiner Mutter gerade in dem Moment, als Monsieur

Benjamin einem Teilnehmer, just Freddy, dabei half, die Finger richtig auf den Saiten zu platzieren. Als er den Kopf hob, erblickte er mich mit verbundener Hand und in Begleitung meiner Mutter auf der Türschwelle. Er entschuldigte sich bei seinen Schülern. Monsieur Benjamin ist immer von ausgesuchter Höflichkeit. Ich hörte, wie in der Klasse Unruhe aufkam, und las, mit einem gewissen Vergnügen, Besorgnis im Blick meiner beiden Peiniger.

»Adrien! Ich habe mir schon Sorgen gemacht, weil du nicht da warst. Was ist ihm passiert, Madame Chanson? Warum sind Sie mitgekommen?«

Meine Mutter warf sich in die Pose einer Frau, der man die schlimmste aller Beleidigungen angetan hat.

»Es ist passiert, Monsieur Benjamin, dass zwei Ihrer Schüler meinen Sohn aus Neid angegriffen haben. Sie haben versucht, ihm zwei Finger der linken Hand zu brechen, offensichtlich, weil sie ihn zwingen wollten, auf Ihren Unterricht zu verzichten.«

Monsieur Benjamin machte große Augen.

»Als ich dich am Fuß der Treppe liegen gesehen habe, Adrien, lag das nicht daran, dass du eine Stufe verfehlt hattest. Du hast mich belogen. Warum? Schufte nimmt man nicht in Schutz.«

Er drehte sich zur Klasse um.

»Wer sind die Verantwortlichen für den Angriff auf Adrien Chanson?«

Niemand antwortete.

»Viele von euch waren Zeugen des Vorfalls. Wenn die Verantwortlichen sich nicht selbst melden oder ihr sie nicht angebt, dann entlasse ich euch alle und führe den Unterricht nur mit Adrien Chanson fort.«

Alle Finger richteten sich auf Freddy und Jean-Jacques.

»Waren die beiden es?«, fragte mich Monsieur Benjamin.

Ich nickte.

»Freddy und Jean-Jacques! Schufte werden im Universum der Violine nicht geduldet. Es gibt heutzutage in diesem Land genug Betätigungsmöglichkeiten für euch. Packt eure Sachen und geht nach Hause. Fasst die Geigen nicht an. Ich will euch nicht mehr wiedersehen.«

Einer der beiden Jungen, Jean-Jacques, versuchte, sich aus der Affäre zu ziehen.

»Monsieur Benjamin ... Bitte vergeben Sie uns, wir haben schlecht gehandelt, aber es wird nicht wieder vorkommen.«

»Ihr habt einen eurer Kameraden tätlich attackiert«, donnerte Monsieur Benjamin. »Noch dazu den begabtesten! Ich akzeptiere keine Entschuldigungen. Raus hier!«

Sie erhoben sich, verließen wortlos den Raum und warfen mir dabei einen hasserfüllten Blick zu.

»Adrien Chanson! Kehr an deinen Platz zurück. Wenn du zurückgekommen bist, dann weil deine Finger trotz allem deine Liebe zur Violine ausdrücken können. Madame Chanson, Sie können mir Adrien überlassen. Gott behüte Sie.«

»Danke, Monsieur Benjamin«, sagte meine Mutter.

Sie empfahl sich würdig.

»Nimm deine Geige«, befahl Monsieur Benjamin.

Ich nahm meine Violine aus dem Futteral.

»Sie wurde bei dem Angriff vielleicht beschädigt«, sagte Monsieur Benjamin.

»Nein, es ist nichts dran«, beruhigte ich ihn eilig. »Sie können es nachprüfen.«

»Ich vertraue dir, Adrien. Auf! An die Arbeit!«, antwortete er und verbeugte sich vor mir.

Der Unterricht ging weiter. Ich entdeckte die Musik der großen Komponisten und war stets auf der Suche nach Gelegenheiten, ihre Werke zu hören – keine Leichtigkeit in einem Land, in dem die sogenannte ernste Musik kaum bekannt ist. Ich übte immer eifriger und machte schnellere Fortschritte als die anderen. Ich schnupperte am Holz und am Lack des Instruments. Ich berauschte mich am Geruch seiner mechanischen Vorrichtungen, der mir erregend vorkam. Ich berührte und liebkoste es wie ein lebendiges Wesen. Ich drückte es an meine Brust. Ich sprach mit ihm, und jeder Ton, sei er auch falsch, den ich ihm entlockte, fügte sich in ein vertrauliches Gespräch zwischen mir und meiner Geige ein. Jedes Mal, wenn mein Bogen über eine Saite strich, fühlte ich in mir ein Beben, fast schon einen elektrischen Schlag. Stundenlang, sogar mitten in der Nacht, ging ich die Partituren durch, die Monsieur Benjamin uns wieder und wieder spielen ließ. Ich musste achtgeben, dass meine Leidenschaft für die Violine meine Schulnoten nicht beeinträchtigte. In Monsieur Benjamins Stunden konnte ich den Neid der anderen Schüler, die ich dank meiner Leidenschaft und meinem Eifer bei den Übungen überflügelte, mit Händen greifen. Meine Mutter empfahl mir, mich in Acht zu nehmen. Nichts von irgendjemandem anzunehmen. Sie gab mir sogar ein von Madame Jeannette eigens präpariertes Taschentuch, mit dem ich, bevor ich mich setzte, meinen Stuhl und meinen Notenständer abwischen sollte. Ebenso verfuhr ich mit den Notenbüchern, bevor ich sie aufschlug. Der Geige wurde die gleiche Wachsamkeit zuteil. Gelegentlich begegnete ich dem Blick von Monsieur Benjamin, der mein Tun mit einem verstohlenen Lächeln beobachtete, sich jedoch nie eine Bemerkung gestattete. Er wusste, zu welch rasender Eifersucht wir fähig sind und wie heftig sie sich Ausdruck verschaffen kann.

Zwei Wochen vor dem Ende des ersten Kurses sah ich bei meiner Rückkehr vom Unterricht einen Menschenauflauf vor unserem Haus. Madame Jeannette kam auf mich zu, sie hielt als Zeichen des Entsetzens beide Hände auf dem Kopf.

»Adrien, weißt du, wo wir deinen Vater erreichen können?«

Ich fragte sie, was los war.

»Ein Jeep ist angekommen, und vier Milizionäre sind ausgestiegen. Sie sind ins Haus gegangen und haben deine Mutter mitgenommen, in Handschellen. Was hat deine Mutter denn mit der Politik zu tun?«

Ich ließ meine Tasche und den Geigenkasten bei Madame Jeannette, machte kehrt und rannte, was meine Beine hergaben. Mir war bekannt, dass Monsieur Benjamin gewöhnlich noch ein paar Minuten im Klassenraum blieb und die Ruhe ausnutzte, um an seinem Geigenspiel zu arbeiten, wahrscheinlich zur Vorbereitung auf sein nächstes Konzert, das er in der Weihnachtszeit geben sollte. Zweimal wäre ich fast überfahren worden, als ich eine Straße überquerte, ohne auf den Verkehr zu achten. Meine Lungen brannten. Ich lief weiter. Klammerte mich an das Gitter am Tor des Pfarrhauses. Der Wächter André, ein alter Mann, der stets seine Bibel in der Hand hält, war erstaunt, mich zu sehen.

»Adrien! Warum bist du zurückgekommen?«

»Ich muss Monsieur Benjamin sprechen. Meine Mutter wurde verhaftet.«

André bekreuzigte sich.

»Er ist gerade gegangen. Mit etwas Glück holst du ihn auf dem Parkplatz ein.«

Ich schöpfte neue Energie und rannte wieder los. Der Parkplatz liegt am Fuß eines steinigen Hangs. Ich fiel, rollte durch den Staub, stand mit einem Riss in der Hose und aufgeschlagenem Knie wieder auf und sah Monsieur Benjamins alten Volkswagen im Rückwärtsgang losfahren. Verzweifelt klopfte ich an die Scheibe.

»Adrien!«, rief Monsieur Benjamin aus, als er mich bemerkte. »Was machst du hier? Noch dazu in einem solchen Zustand. Du bist ja verletzt!«

Es gelang mir zu sprechen, obwohl ich außer Atem war und von meinem Sturz Schmerzen hatte:

»Meine Mutter ist gerade verhaftet worden, Monsieur Benjamin. Von der Miliz. Ich bin sicher, das ist wegen Freddy und Jean-Jacques.«

Er öffnete ohne Zögern die Tür.

»Steig ein. Das bringen wir in Ordnung.«

Ich lief um das Auto herum und setzte mich neben ihn. Monsieur Benjamin startete so brüsk, dass mein Kopf nur dank einem letzten Reflex nicht gegen das Handschuhfach stieß. Er fuhr sehr schnell durch die Straßen ohne Staus. Die Leute blieben abends nicht lang im Freien. Aus mitgehörten Gesprächen der Erwachsenen wusste ich nur, dass der Präsident sehr krank war und sein Sohn ihm nachfolgen würde. Die Machthaber fürchteten, man könnte den Gesundheitszustand des Präsidenten für einen Umsturzversuch nutzen. Wir kamen vor dem Tor einer Kaserne an. Zwei Milizionäre in Uniform nahmen Habachtstellung ein. Sie öffneten Monsieur Benjamin ohne ein Wort. Das wunderte mich. Meinem kindlichen Verstand stellten sich zahlreiche Fragen. Ist Monsieur Benjamin noch mehr als das, was er ist, nämlich ein Geigenvirtuose, der Haiti manchmal brillant im Ausland vertritt? Er parkte sein Auto an einer Stelle, an der mehrere Jeeps sowie zwei Fahrzeuge mit Regierungskennzeichen standen, bedeutete mir auszusteigen und nahm mich an der Hand. Wir gingen durch ein erstes Tor, dann ein zweites, beide bewacht von bewaffneten Posten, die den Geiger unterwürfig grüßten. Monsieur Benjamin öffnete eine Tür, wir stiegen eine Treppe hinauf und gingen dann einen dunklen Flur entlang, an dessen Ende zwei riesige *tontons macoutes* mit dunklen Brillen* Wache hielten. Man ließ uns sofort vor. In einem großen, klimatisierten Büro thronte ein Mann in Zivil hinter zahlreichen Akten. Er erhob sich sofort,

---

* *Tontons macoutes*: volkstümliche Bezeichnung für die Volontaires de la Sécurité Nationale, eine Miliz des Duvalier-Regimes, die für ihre Brutalität und ihr gesetzloses Agieren gefürchtet war. Der Name leitet sich von einer Art Butzemann ab, der unartige Kinder in seinen Sack steckt. Eine *macoute* ist eine Umhängetasche, *tonton* bedeutet »Onkelchen«. Dunkle Brillen waren ein typisches Attribut der *tontons macoutes*.

um Monsieur Benjamin zu grüßen. Drei Milizionäre in Uniform unterhielten sich, jeder hielt ein Glas Schnaps in der Hand.

»Benjamin. Was verschafft mir die Ehre deines Besuchs?«

»Ich bin hier, um ein Unrecht wiedergutzumachen, Hector. Deine Männer haben gerade Madame Marthe Chanson entführt, die Mutter dieses Jungen. Er steht unter meinem Schutz.«

»Was hat sie getan? Meine Männer handeln immer in Kenntnis der Sachlage.«

»Diesmal haben sie sich geirrt. Der Junge, der hier vor dir steht, wurde von zwei Mitschülern attackiert, die ihm die Finger gebrochen haben. Aus Neid, weil ich gesagt hatte, dass Adrien Chanson der Beste der Klasse ist. Ich habe die beiden Übeltäter entlassen. Ich unterrichte keine kleinen Schurken. Unser Präsident legt Wert auf die Moral der Jugend. Die Eltern der beiden Kinder, die ich nicht mehr im Kurs haben will, haben sich an Adriens Mutter gerächt. Ich verlange also, dass sie unverzüglich freigelassen und hierhergebracht wird.«

Der Mann, den er Hector genannt hatte, erhob zum Zeichen der Zustimmung die Hände.

»Die Regierung verdankt dir viel, Benjamin. Du bist einer der wenigen Menschen, die die Wertschätzung und das Vertrauen unseres Präsidenten genießen.«

Er nahm den Telefonhörer ab.

»Madame Chanson ist unverzüglich in mein Büro zu bringen. Und zwar unversehrt, wenn ich bitten darf.«

Er legte auf.

»Das wäre erledigt«, sagte er zu Monsieur Benjamin. »Erweist du mir die Ehre, mit mir ein Gläschen Whisky zu trinken?«

»Mein Arzt hat mir den Alkohol verboten, Hector. Du willst ja auf deinen nicht hören.«

Hector ließ sich auf seinen Sessel fallen.

»Man stirbt so oder so, Benjamin. Nimm also Platz mit deinem Schützling. Ich werde meinen Männern die Ohren langziehen. Die Macht muss vorsichtig werden. Wir dürfen uns keine Fehler mehr erlauben. Diese Bürger, die uns für ihre kleinen persönlichen Streitigkeiten ausnutzen, könnten uns noch in die Bredouille bringen.«

Wir warteten gute dreißig Minuten. Monsieur Benjamin bewies Geduld. Mir tat mein Knie weh. Ich konnte es nicht erwarten, mit Mama heimzugehen, ein Bad zu nehmen und einen guten Brei zu verschlingen, wie nur sie ihn zubereiten kann. Es klopfte an der Tür. Hector rief »herein«. Drei uniformierte *tontons macoutes* erschienen mit meiner Mutter, die immer noch Handschellen trug.

»Nehmen Sie Madame Chanson die Fesseln ab!«, bellte Hector in plötzlichem Zorn.

Die *tontons macoutes* gehorchten.

»Ich hatte gesagt, Sie sollten Madame Chanson unversehrt vorführen.«

Er wandte sich an meine Mutter.

»Wir bitten um Entschuldigung. Das ist ein furchtbarer Irrtum. Verzeihen Sie uns, und wenden Sie sich bitte jederzeit an mich, wenn Sie es für nötig halten.«

Meine Mutter nickte wortlos. Sie trug keine Spuren von Schlägen, zumindest an den Stellen, die ihr langes Kleid nicht verdeckte. Monsieur Benjamin erhob sich.

»Noch einmal danke, Hector. Ich komme am Wochenende bei deiner Frau und dir vorbei.«

»Wir empfangen dich mit Vergnügen, Benjamin. Vergiss nicht, deine Geige mitzubringen.«

Monsieur Benjamin verneigte sich, wie er es so gut versteht. Wir verließen die Kaserne, dann setzte er uns zu Hause ab. Niemand aus dem Viertel besuchte meine Mutter. Man wusste nicht, warum sie verhaftet worden war, und wagte nicht, ihr auch nur die geringste Sympathie zu bekunden. Nur mein Vater saß mit ratloser Miene auf der Veranda. Als er meine Mutter erblickte, stürzte er auf sie zu und nahm sie in die Arme. Erst in diesem Moment ließ meine Mutter ihren Tränen freien Lauf. Monsieur Benjamin war bereits abgefahren. Ich kehrte in mein kleines Zimmer zurück. An das Bad dachte ich gar nicht mehr. Aus dem Schlafzimmer meiner Mutter hörte ich lange Seufzer und frenetisches Keuchen. Diesmal dachte ich nicht an meine Violinübungen, sondern ließ mich auf mein Bett fallen, schlief ein und wachte erst am frühen Morgen wieder auf.

Ich ging weiter mit derselben Begeisterung zu den Geigenstunden, obwohl diese neue Aktivität einige Unruhe in unser Familienleben gebracht hatte. Mein Vater hatte nach dem unschönen Erlebnis meiner Mutter sogar gewollt, dass ich den Unterricht aufgab. Er verhielt sich unauffällig, sobald etwas auch nur entfernt mit Politik zu tun hatte. Aus dem Wenigen, was meine Mutter mir über ihn erzählt hatte, wusste ich jedoch, dass er seinerzeit bei den Wahlen den Hauptrivalen des Präsidenten unterstützt hatte, obwohl er mit diesem befreundet gewesen war. Meine Mutter hatte kategorisch abgelehnt: »Tun wir unserem Sohn das nicht an. Er ist der Beste in seiner Klasse. Monsieur Benjamin ist sicher, dass er es im Geigenspiel weit bringen wird.« Mein Vater hatte nicht darauf beharrt. Ich hatte einmal mitgehört, wie er mit meiner Mutter über Monsieur Benjamin sprach: »Er ist ein Freund des Präsidenten aus Kindertagen. Aber nur, weil man als Kind mit einem Präsidenten befreundet war, muss man ihn nicht unterstützen, wenn er ein Tyrann, ein Mörder ist. Monsieur Benjamin ist ein großer Virtuose, aber in dieser Hinsicht auch eine Enttäuschung für uns alle. Allerdings lernt Adrien viel von ihm, und darauf kommt es an.« Mein Vater hatte geseufzt, bevor er fortfuhr: »Denn worauf kommt es schließlich und endlich an in einem Land, in dem die Mittelmäßigkeit und das Gangstertum sich mit derartiger Arroganz überall breitmachen?« Meine Mutter hatte erwidert, er sei Monsieur Benjamin zu großem Dank verpflichtet, denn der habe nicht gezögert, sie den Klauen der politischen Polizei zu entreißen.

Es ging auf das Ende des Kurses zu. Monsieur Benjamin teilte uns mit, dass er zum Abschluss ein kleines Konzert plante, zu dem der Pfarrer, die Gemeindemitglieder sowie die Eltern und Verwandten der Schüler eingeladen würden. Mein großer Stolz war, dass ich als Einziger ein kleines Stück solo spielen sollte. Monsieur Benjamin informierte mich, dass ich meine Geige nach dem Konzert zurückgeben musste.

Ich hatte Freddy und Jean-Jacques nicht vergessen. Wenn ich zu Fuß vom Pfarrhaus heimkehrte, prüfte ich immer, ob mir die beiden Bengel nicht auf den Fersen waren. Es war eine regelrechte Phobie. Mehrmals hatte ich geträumt, dass Freddy und Jean-Jacques mich verfolgten und nach langer Flucht einfingen. Sie drängten mich an eine Wand in der offensichtlichen Absicht, mir irgendetwas anzutun, was immer darauf hinauslief, mich der Finger der linken Hand zu berauben. Einmal hatte Freddy eine riesige Ratte mit rasiermesserscharfen Zähnen dabei. Er näherte den sichtlich ausgehungerten Nager meinen Fingern. Ich entkam ihnen, indem ich unter Schreien erwachte, die meine Mutter alarmierten. Sie wollte den Grund der nächtlichen Schrecken erfahren. Ich log, ich hätte beim Aufwachen alles vergessen. Das hinderte sie nicht daran, drei Tage lang von einer Gebetsgruppe Litaneien in meinem kleinen Zimmer rezitieren und es mit dem vom Pfarrer kostenlos gelieferten Weihwasser besprengen zu lassen. Jeden Abend zeichnete sie mir vor dem Einschlafen mit angeblich heiligem und böse Geister fernhaltendem Öl ein Kreuz auf die Stirn.

Eines Sonntags kam ich von einer Kinovorführung im *Capitole* zurück und blieb auf dem Marsfeld stehen. Am Wochenende sind dort immer Massen. Man freut sich an ein paar Attraktionen in dieser Stadt, in der es an allem fehlt. Man vergnügt sich mit Reifen, spielt Fußball, lässt Drachen in den Himmel steigen. Einige, eher glückliche Kinder mieten für ein paar Centime Fahrräder oder Rutschautos. Man kann sein Glück bei verschiedenen Spielen versuchen, etwa beim Streichhölzchenziehen oder dem Gürtelspiel, bei uns *pike kole* genannt, auf das einige sich einlassen, ohne zu wissen, dass man keine Gewinnchance hat, wenn der Spielleiter es nicht will*, denn das Ganze ist ein Taschen-

---

* Das Spiel funktioniert folgendermaßen: Der Spielleiter und Bankhalter legt einen Gürtel aus Stoff doppelt und rollt ihn dann eng ein. Der Spieler steckt einen dünnen Stab zwischen die Lagen des aufgerollten Gürtels und hält ihn fest, während der Spielleiter die freien Enden in der Hand behält. Anschließend rollt der Spielleiter den Gürtel ab, indem er an den freien Enden zieht. Kann er den Gürtel nicht zurückziehen, weil der Stab sich innerhalb der durch das Doppeltlegen entstandenen Schlaufe befindet, gewinnt der

spielertrick, den ich erst sehr spät von einem mit meiner Mutter befreundeten Zauberer gelernt habe. Ich schaute gern denen zu, die bei diesen Gaunerspielen ihre paar Centime verloren, aber die Versuchung war nie so groß, dass ich mich an einen der Tische gewagt hätte. Zahlreiche Zuschauer verfolgten jede Bewegung der Spieler und feuerten sie in einer Art frenetischer Hypnose mit Zurufen und auch mit Applaus an. Die schaulustige Menge folgte den Prahlereien der Spieler, die in die Runde riefen, diesmal würden sie den missgünstigen Zufall schon zur Raison bringen. Hin und wieder brach eine Schlägerei zwischen einem Spieler und einem der immer betrügerischen Spielleiter aus, und dann erst wurde für den Beobachter sichtbar, dass die Männer hinter den Tischen Komplizen haben, die sie schützen und den Betrug perfekt machen.

Der Lauf der Kugel auf einer Roulettescheibe erregte meine Aufmerksamkeit, aber ich erblickte dennoch Freddy ein paar Meter hinter mir. Er gab Jean-Jacques Bescheid, indem er mit dem Finger auf mich zeigte. Sie waren in Begleitung eines Straßenkindes, das seinen Wassereimer und die Lappen, mit denen es die Autos polierte, in der Hand trug. Ich durfte keine Sekunde zögern, denn alle drei steuerten auf mich zu. Ich sprang auf ein Mäuerchen, fiel auf einen schlammigen Rasen und rannte davon, was meine Lungen hergaben, wobei ich geschickt den Spaziergängern auswich, die es gewohnt sind, dass Kinder auf öffentlichen Plätzen Verstecken spielen. Freddy gewann Boden. Er hatte längere Beine, und sein Hass auf mich verlieh ihm teuflische Energie. Ich sagte mir, dass das kein Alptraum war und ich nicht aufwachen konnte, wenn er mich einholte. An einem Pavillon, wo die Musikkapelle des Nationalpalastes sich für ein Konzert bereitmachte, erblickte ich Mietfahrräder. Ich bestieg eines von ihnen und trat aus Leibeskräften in die Pedale. Man rief »Haltet den Dieb«, aber ich war bereits auf der Straße, außer Reichweite

Spieler. Befindet der Stab sich außerhalb der Schlaufe, gewinnt der Spielleiter. Typischerweise lässt der Spielleiter einige kleinere Gewinne zu und sorgt, wenn die Spieler sich zu größeren Einsätzen verleiten lassen, durch einen Trick beim Aufrollen des Gürtels dafür, dass sie keine Chance haben.

meiner Verfolger. Ich ließ das Fahrrad in einer menschenleeren Gasse stehen, ging zu Fuß weiter und verschnaufte erst, als ich sicher war, Freddy, seine Freunde und den Eigentümer des Fahrrads abgehängt zu haben. Todmüde, aber mit heilen Fingern kam ich zu Hause an. Das Abschlusskonzert sollte am nächsten Tag stattfinden. Es wäre eine Katastrophe für Monsieur Benjamin und mich gewesen, wenn es Freddy und Jean-Jacques gelungen wäre, meine Hand außer Gefecht zu setzen.

Durch meine Geigenstunden bei Monsieur Benjamin war ich von meinem üblichen Rückweg von der Schule abgekommen. Ich kehrte am frühen Abend, als es gerade dunkel wurde, heim, ging am Rand eines Platzes entlang und überquerte eine Brücke über eine Schlucht namens Bois de Chêne. Der gleichnamige Bach, der hindurchfließt, hatte seinerzeit erhebliche Schäden in einem Teil der Stadt angerichtet. Meine Mutter hatte mir oft von den Hunderennen erzählt, die jeden Sonntag auf dem Platz stattfanden. Zahlreiche Zuschauer wollten die schönen Windhunde sehen und auch auf ihren Favoriten wetten. An einem Abend hatte ein starker Wolkenbruch den Bach so stark anschwellen lassen, dass er alle Hunde und sogar die beiden Wächter des Zwingers mit sich gerissen hatte. Der Tod dieser Tiere hatte viele Anwohner betrübt, denn in dieser an Freizeitmöglichkeiten so armen Stadt und in Zeiten voller politischer Niederträchtigkeiten waren diese Rennen eine unersetzliche Unterhaltung gewesen.

Eine Gasse, die sich zwischen der Schlucht und einer großen Klosterschule entlangschlängelt, führt zu einem der zahlreichen Ghettos der Stadt, die von den Hauptstraßen aus nicht zu sehen sind. Aus diesem Ghetto namens Koridò Bois de Chêne schwärmen nach Einbruch der Dunkelheit jene Mädchen, die ich oft sehe, wenn ich mit meiner Mutter von einer Kulturveranstaltung zurückkehre, in die Umgebung des Platzes aus. Ich ging gelegentlich langsamer, wenn ich sie erblickte, da ich mich zu ihnen hingezogen fühlte, empfand aber auch Furcht, die mit dem lapidaren Urteil meiner Mutter zusammenhing: »Frauen mit schlechtem Lebenswandel. Du darfst dich ihnen nie nähern, Adrien. Nie, hörst du? Niemals. Sonst hast den Platz in der Hölle sicher.« Zwei- oder dreimal hatte eine von ihnen mich angesprochen, denn als aufmerksame Beobachterinnen bemerkten sie sicher, dass meine Schritte bei ihrem Anblick langsamer wurden. Es brauchte vielleicht nur einen kleinen Riss in meinem Panzer, damit ich stehenblieb, zumal die zugleich köstliche, frustrierende und verstörende Versteifung meines Gliedes am frühen Morgen mich auch immer beim Anblick dieser Damen überraschte.

Dennoch ergriff ich immer die Flucht, wenn eine dieser Frauen zudringlich wurde, und nahm mir vor, nach meinem Geigenunterricht auf einem anderen Weg nach Hause zu gehen. Der Wunsch, sie zu sehen, führte mich jedoch immer wieder zu ihnen zurück. So ging es mehrere Wochen, in denen ich die Mischung aus Verlangen, Schuldbewusstsein und Angst genoss, bis mich eines Abends eine von ihnen am Arm packte, so dass ich zu meinem Entzücken nicht mehr entkommen konnte. Sie ähnelte Nadine, einer Mitschülerin. Ich bemerke das erst jetzt, Jahre später, wo ein Aufklaren in meinen Erinnerungen dieses Bruchstück meines Lebens zu mir zurückbringt. Sie trug ein starkes und berauschendes Vetiverparfum, als wollte sie ihr Revier markieren. Im Gegensatz zu den anderen hatte sie mich nicht trivial angesprochen. Sie hatte gesagt:»Kleiner ... Was hast du in deinem Kasten? Keine Gitarre, dafür ist er zu klein.«

»Nein! Das ist eine Violine«, brachte ich stammelnd heraus.

»Eine Violine!«, wunderte sie sich.»So ein Instrument habe ich noch nie gesehen. Ich kann dir den halben Preis nachlassen, wenn du mir was vorspielst.«

Ich war vollkommen gelähmt. Hätte sie nicht von der Geige gesprochen, hätte ich entfliehen können. Sie war schön. Schlank. Ihre braune Haut wurde durch eine schwarze, ziemlich weit ausgeschnittene Bluse und einen ebenfalls schwarzen Rock zur Geltung gebracht. Zum ersten Mal sah ich eine jeder Damen ganz in Schwarz. Sie nahm mich, keinen Widerspruch duldend, an der Hand und zog mich auf den Weg, der ins Ghetto führt. Ich hörte Frauenstimmen:»Hey, Sista ... Du wirst noch wegen Verführung Minderjähriger verhaftet ...« Eine andere rief mir zu: »Pass gut auf, dass du auch drin bist, Kleiner ... Sista ist eine ganz

Gerissene.« Schließlich öffnete das Mädchen – hieß sie wirklich Sista? – die Tür eines Verschlags und ließ mich in ein Zimmer eintreten, in dem nur ein Bett stand. Sie setzte sich darauf, dann zog sie die Beine und den Rock hoch. Sie trug keinen Slip.

»Komm näher«, sagte sie.

Es ging zu schnell. Ich dachte an den Ratschlag, den man mir auf dem Weg dorthin zugerufen hatte, aber ich war zu erregt, zu bewegt, zu nervös, um irgendetwas nachzuprüfen. Als ich wieder aufstand, sagte das Mädchen zu mir:

»Jetzt spiel mir was vor ... Damit ich weiß, wie viel ich von dir nehme. Du bist schon süß. Vielleicht wirst du mein Stammkunde.«

Nachdem ich meine Hose wieder angezogen hatte, holte ich die Geige aus dem Kasten. Ich gewann wieder ein bisschen Selbstsicherheit.

»Ich spiele noch nicht gut.«

»Ich höre«, antwortete sie mit einem Lächeln.

Ich strich mit dem Bogen über die Saiten, wobei ich kein Stück spielte, sondern eine Übung mit einer Melodie, die ich gern mag. Eine einfache Übung, die ich nach mehrtägigen Anstrengungen gemeistert hatte. Monsieur Benjamin hatte mir dazu gratuliert. Ich war überrascht, mit welchem Interesse das Mädchen mir zuhörte. Ich las Erstaunen auf ihrem Gesicht. In ihrem Blick erschien ein seltsames Leuchten. Nicht einmal meine Mutter hatte mich gebeten, ihr etwas vorzuspielen, und mein Vater hatte überhaupt kein Interesse dafür.

»Das ist schön«, sagte sie, als ich am Ende war. »Ich habe dieses Instrument noch nie gesehen oder gehört.«

»Was bin ich dir schuldig?«, fragte ich.

Sie stand auf und brachte ihre Kleider in Ordnung.

»Was du mir gerade geschenkt hast, ist viel mehr wert. Ich bringe dich zurück.«

Sie führte mich wieder auf den Platz. Bevor wir auseinandergingen, drückte sie mir einen Kuss auf die Lippen.

»Du bist zu gut, Kleiner. Komm nie mehr hierher, sonst verschlingt dich eine andere richtig. Du wirst ein besseres Mädchen finden als mich.«

Eine Träne rollte über ihre Wange.

»Geht jetzt.«

Während ich mich entfernte, hörte ich die Stimme einer Frau: »Und, Sista? Hast du den Kleinen vernascht?«

Sie antwortete:

»Der weiße Siedler lauert nicht auf deine Mutter, Milena. Er hat sie schon im Schlamm des Bois de Chêne genommen.«*

Ich kehrte nach Hause zurück. Eine plötzliche Migräne quälte mich. Meine Mutter war nicht da. Sie hätte einen verdächtigen Duft an mir feststellen können. Ich nahm Sistas Parfum noch auf meiner Haut wahr. Eilig badete ich, legte mich entgegen meiner Gewohnheit schon um diese Zeit ins Bett und zog die Laken über mich. Nach den Emotionen, die ich erlebt hatte, ließ der Schlaf nicht auf sich warten.

Am Abschlussabend waren nicht viele Leute da, nicht einmal der Pfarrer, den ein übles Fieber niedergestreckt hatte, war erschienen. Mein Vater fehlte, wahrscheinlich zurückgehalten von einer seiner Geliebten, und meine Mutter hatte große Mühe, sich die Enttäuschung, ja den Zorn, nicht anmerken zu lassen. Diejenigen, die gekommen waren, etwa fünfzig Personen, machten jedoch die Abwesenden vergessen, indem sie unsere Darbietungen begeistert beklatschten und für zwei kleine Stücke haitianischer Komponisten, Ludovic Lamothe und Carmen Brouard, die Monsieur Benjamin bearbeitet hatte, sogar ein Dacapo verlangten. Mein Solo war ein Moment, den ich niemals vergessen werde. Ich erlebte ihn in den Augen meiner Mutter, in der Freude und dem Stolz, die ich auf ihrem Gesicht las. Als ich endete, standen die Zuhörer auf, um mir zu applaudieren. Alle außer ihr. Von den Emotionen hatte sie weiche Knie. Einen Moment lang konnte sie sich nicht erheben. Monsieur Benjamin, der verstand, was geschah, ging zu ihr und stützte sie. Man hörte im Saal nur noch ihren Applaus, denn die anderen hatten schon aufgehört.

»Das ist die Mutter von Adrien Chanson«, rief Monsieur Benjamin mit seiner Baritonstimme.

---

* »Der weiße Siedler lauert auf deine Mutter« ist eine gängige Beschimpfung, die Sista noch kreativ verstärkt.

Der Saal spendete mir erneut Ovationen. Monsieur Benjamin hatte einen kleinen Imbiss für die Gäste vorbereitet: Sodagetränke, gekühltes Bier, Kekse, Pasteten. Leute gratulierten mir. Meine Mutter verbarg ihre Rührung nicht und musste sich setzen, um ihr launisches Herz zu beruhigen. Es sollte ihr später Probleme bereiten, die sogar ärztliche Betreuung erforderten. Sehr viel später erfuhr ich, dass sie während der zwei Stunden in den Kerkern der politischen Polizei misshandelt worden war.

Es wurde spät. Monsieur Benjamin kündigte an, dass er sich mit seinen zehn Schülern allein unterhalten wollte. Eltern und Gäste müssten den Saal verlassen. Die Unterredung werde zehn Minuten dauern. Er bitte um Entschuldigung, aber es sei nötig. Es habe mit dem Fortgang des Unterrichts zu tun. Alle gehorchten, ohne zu widersprechen. Monsieur Benjamin schloss die Tür sorgfältig ab, dann bat er uns, Platz zu nehmen. Wir sahen ihn zum ersten Mal betrübt, niedergeschlagen, ja verlegen. Ich fürchtete, er würde uns eine schlechte Nachricht mitteilen.

»Meine jungen Freunde«, begann er, »ich möchte euch sagen, wie sehr ich mich gefreut habe, dieses Jahr mit euch zu verbringen. Ihr seid Neulinge im Violinspiel, aber aus euren Blicken, eurem Bemühen, eurer Freude, euren Träumen, eurer Leidenschaft habe ich die Energie geschöpft, die ich für die Ausübung meiner Kunst benötige. Diese Energie ist selten in diesem Land, dem es schlecht geht und immer schlechter gehen wird.«

Er schwieg einen Moment und atmete tief ein, bevor er fortfuhr:

»Ich gehe jetzt auf eine viermonatige Tournee mit Konzerten in großen Städten wie Los Angeles, New York, Montreal, Toronto und Paris. Nach meiner Rückkehr geht der Unterricht weiter, immer noch hier und an denselben Tagen.«

Das ist lang.

»Ich weiß, vier Monate sind lang«, bemerkte Monsieur Benjamin, als hätte er in meinen Gedanken gelesen. »Wer kann, muss sich eine Geige kaufen oder leihen. Das war's vor allem, weswegen ich euch sprechen wollte.«

Ich verstand, dass die schlechte Nachricht gleich kommen würde.

»Die Violinen, die wir bisher benutzt haben, wurden mir gratis von den Leitern des Orchesters der Episkopalkirche zur Verfügung gestellt. Sie schätzen mich sehr und wollten mir helfen, diesen Kurs auf den Weg zu bringen, um für eine stärkere Verbreitung dieses hier kaum bekannten Instruments zu sorgen. Aber ihre Geigen sind im Laufe des Jahres kaputtgegangen, und ihre wirtschaftliche Lage ist prekär. Sie können sie nicht ersetzen.«

Er hielt sich die Faust vor den Mund, um einen Hustenanfall zu unterdrücken.

»Im nächsten Kurs kann ich nicht mehr auf ihre Violinen zurückgreifen. Eure Eltern müssen euch daher eine beschaffen. Es tut mir leid, ich habe an alle Türen geklopft, aber wer kümmert sich in diesem Land von Zurückgebliebenen um Kultur, erst recht um klassische Musik?«

Er ergriff einen Stapel Prospekte.

»Das sind die Informationen zum Kauf der Violine. In Haiti sind keine erhältlich. Ihr müsst jemanden finden, einen Verwandten oder einen Freund, der sie im Ausland für euch kauft. Sie hierherzuschicken ist nicht besonders schwierig. Wendet euch an mich. Ich habe gute Kontakte beim Zoll.«

Er sah uns sichtlich bekümmert an.

»Ohne Geige könnt ihr nicht am nächsten Kurs teilnehmen.«

Wir traten näher, um einen Prospekt zu nehmen. Monsieur Benjamin strich mir voll Zuneigung über den Kopf.

»Adrien Chanson, sei nicht so traurig! Ich bin sicher, du bekommst deine Violine. Ich vertraue deinen Eltern.«

Monsieur Nino ist ein langer, magerer, ziemlich kahlköpfiger Mann, der immer weiß gekleidet ist. Er hat ein Restaurant am anderen Ende des Stadtviertels, wo er auch Lose der *borlette*, der nationalen Lotterie, verkauft. Es ist bekannt, dass er im Hinterzimmer seines Restaurants Pokerpartien veranstaltet, die zu jeder Tages- und Nachtzeit Massen von Leuten anziehen. Diese Tätigkeit ist mehr oder minder verboten, es sei denn, man besitzt eine Genehmigung von hoher Stelle oder man schmiert die politisch Verantwortlichen großzügig.

Meine Mutter schickte mich gelegentlich zu Nino, um in der *borlette* zu setzen, und zwar öfter, seit ich ihr gesagt hatte, dass Monsieur Benjamin eine eigene Geige zur Bedingung für die Fortsetzung des Kurses machte, und ich sie dabei überrascht hatte, wie sie in ihrem Schlafzimmer weinte und Jesus anflehte, er möge ihr helfen, das Geld für das Instrument aufzutreiben. Obwohl sie nie eine Bestätigung in Form irgendeines Gewinns erhalten hatte, glaubte meine Mutter felsenfest, dass bestimmte Träume mit möglichen Gewinnzahlen in der *borlette* in Verbindung stehen. Sie verwahrte in einer Schublade ihres Schlafzimmer ein sogenanntes *tyala*, eine Art Zauberbuch, in dem allem, was man im Traum sehen kann, eine Zahl zugeordnet wird. Mein Vater, der nie dem Glücksspiel gefrönt hat, machte sich wegen dieser verheimlichten Leidenschaft gutmütig über sie lustig. Um meine Mutter zu besänftigen, wenn sie sich über seinen mangelnden Respekt vor ihrer Kenntnis der Träume ärgerte, pflegte er ihr ein paar Gourde als Einsatz zu geben: »Die Hälfte des Gewinns ist für mich«, verlangte er dann. Sie nahm das Geld an und versprach völlig ernsthaft alles, was er wollte.

Meine Mutter bewahrte strenge Diskretion darüber, dass sie in der *borlette* spielte, die vom Pfarrer in seinen sonntäglichen Predigten scharf kritisiert wurde: »Der Teufel hat tausenderlei Kniffe, um die Kinder Gottes vom geraden Weg abzubringen. Das Glücksspiel führt geradewegs in die Hölle.« Die Gläubigen stimmten zu, aber die meisten von ihnen verließen sich oft auf die Lotterie, um ihre Miete zu zahlen, eine Schuld zu begleichen oder sich einfach nur das Sonntagsessen leisten zu können, denn wer an diesem dem Herrn geweihten Ruhetag kein üppiges Essen auf den Tisch stellt, ist schlecht angesehen. Meine Mutter empfahl mir, niemandem, nicht einmal ihrer guten Freundin Madame Jeannette, die Zahlen zu verraten, die sie spielen wollte. Ich konnte jedoch Madame Jeannette nur schwer etwas abschlagen. Wenn meine Mutter mich zu ihr nach Frittiertem schickte, gab sie mir immer ein saftiges Stück gegrilltes Schweinefleisch und ein paar gut frittierte Bananen-stücke gratis. Da sie die Wahl ihrer guten Freundin mit eigenen Augen sehen wollte, notierte ich auf einem gesonderten Zettel zufällig ausgewählte Nummern. Seltsamerweise standen die, die ich an Madame Jeannette weitergab, mehrere Male auf der Tafel vor Ninos Restaurant, während die meiner Mutter schmerzlich vermisst wurden. Diese beklagte sich aufrichtig über ihr Pech, während Madame Jeannette in sich hineinlächelte und sich dachte, dass ihre gute Freundin eine echte Geheimniskrämerin war. Sie machte es ebenso, betrachtete sich mit meiner Mutter als quitt, und es kam nie zu einem Missverständnis zwischen ihnen.

Wenn ich zu Monsieur Nino ging, gab er mir immer Bonbons und beteuerte, wie gern er einen so strebsamen Sohn wie mich hätte, denn meine Mutter informierte ihn über meine guten Schulleistungen. Ich weiß nicht, warum sie – in einem Milieu, in dem jeder den Neid des anderen fürchtet, einen Neid, mit dem Schadenszauberer Vermögen verdienen – Monsieur Nino vertraute. »Ich habe einen Sohn«, hatte Monsieur Nino mir eines Tages gestanden. »Er lebt in Anse-à-Veau bei seiner Mutter, einer Frau, die ich zu meiner Zeit als Gendarm in dieser Stadt kennengelernt habe. Einer Stadt, Gott sei bei uns, wo die Teufel am helllichten Tag herumspazieren und Eltern soliden Schutz brauchen, damit ihre Nachkommenschaft nicht auf dem Tisch der Dämonen landet. Eines Morgens hat er mich besucht. Nur um mich um Geld für eine Frau zu bitten, die er geschwängert hatte – in seinem Alter, mit sechzehn Jahren. Ich habe seinen satanischen Duft gerochen. Das degenerierte Früchtchen gehört zur gefährlichsten *zobop**-Bande der Stadt. Ich bin kein Grünschnabel, Kleiner. Ich bin Freimaurer, und meine Mutter hat ihren gesamten Schutz an mich weitergegeben, als ich noch in ihrem Bauch war. Ich habe ihm gesagt, er soll mein Haus nicht mehr betreten. Vor allem habe ich ihm zu verstehen gegeben, dass ich keine Angst vor seiner Bruderschaft habe und gegen jeden Versuch von Hexerei gut gewappnet bin. Ich habe ihm aber trotzdem ein bisschen Geld gegeben.«

Wenn ich mit dem Ranzen auf dem Rücken zur Schule ging, kam ich immer am Restaurant von Monsieur Nino vorbei. Ich sah ihn auf der Terrasse seines Geschäftes sitzen und allein oder in Gesellschaft seiner Frau eine Tasse Kaffee trinken. Nie mit Freunden. Eines Morgens, als ich vor der Schule für meine Mutter setzen kam, bemerkte er: »Kleiner, ich weiß nicht, ob dieses Land sich eines Tages ändern wird, aber einstweilen meide Freunde. Freunde sind das sicherste Mittel, im Gefängnis der politischen Polizei zu landen.« Ich verstand nicht recht, was er mir sagen wollte, erriet aber, dass er jemanden zum Reden brauchte. Ich hörte ihm also aufmerksam zu. Als ich mich zum Gehen anschickte, gab er mir eine Packung Bonbons. Inzwischen war seine Frau unbemerkt im Restaurant angekommen. Sie ist nicht sympathisch. Im Viertel ist sie wegen ihres hochmütigen Ausdrucks nicht besonders beliebt. Sie sieht alle von oben herab an und grüßt niemanden. Es heißt, Monsieur Nino wolle sich scheiden lassen, aber seine Frau verhindere durch Magie, dass ihr Mann sie verlasse. »Du hast wohl ein Auge auf den Jungen geworfen, dass du ihn so verwöhnst«, sagte sie in verächtlichem Ton. Nino warf ihr einen Blick zu, in dem so viel Gewalt lag wie in einer Ohrfeige. Sie begriff sofort, wie zornig ihr Mann war, wich vorsichtshalber an die Theke zurück und verließ anschließend eilig den Raum.

»Setz dich ein paar Minuten, mein Junge. Deswegen kommst du nicht zu spät. Und wenn, verzeiht man es einem so fleißigen Schüler wie dir ohnehin. Nimmst du einen Kaffee?«

---

* Geheimbund, der schwarze Magie betreibt.

Ich setzte mich neben ihn, lehnte aber den Kaffee ab. Ich hatte bereits zu Hause zu viel davon getrunken.

»Sag mal, Kleiner, was ist bei dir zu Hause los?«

Die Frage überraschte mich.

»Was meinen Sie, Monsieur Nino?«

Er lächelte.

»Wir, die mit dem Zufall handeln, wissen, dass wir Träume verkaufen. Seit einigen Tagen setzt deine Mutter zehnmal so viel. Wenn das bei einer Kundin passiert, die ich respektiere, dann weiß ich, dass sie ein ernsthaftes Problem hat. Man spielt in der Lotterie, als ob man zu Jesus betet.«

»Es ist wegen meiner Violine, Monsieur Nino«, gab ich zu.

Er bekundete sein Erstaunen.

»Ich weiß, dass du in diesem Jahr Geigenunterricht gehabt hast und ein eher begabter Anfänger bist. Und?«

»Ich brauche für den nächsten Kurs eine Geige, aber sie ist zu teuer. Mein Vater kann so viel nicht ausgeben, und meine Mutter hat zu wenig Geld, um mir eine Violine zu kaufen.«

Monsieur Nino seufzte.

»Ich hab ja geahnt, dass es ein Problem gibt.«

Er sah mir direkt in die Augen.

»Hör zu, Kleiner. Im Leben darf man nur auf sich selber vertrauen. Überlass den Göttern, was ihnen gehört. So oder so, glaubst du, dort, wo sie sind, kümmern sie sich um uns?«

Was er sagte, war zu kompliziert für mich. Ich schwieg.

»Man muss im Leben ein Ziel haben und all seine Energie darauf richten. Wenn du deine Geige willst, musst du zunächst arbeiten. Das, was deine Mutter bereits angespart hat, wird dir dabei helfen.«

»Wo soll ich arbeiten, Monsieur Nino?«, fragte ich. »Ich bin gerade erst vierzehn geworden.«

»Du kannst lesen, schreiben und rechnen. Arbeite bei mir. Du hilfst mir nachmittags und an den Wochenenden in meinem Restaurant und meinem *borlette*-Betrieb. Bring deine Bücher mit. Du hast hier genug Zeit zum Lernen und für deine Hausaufgaben. Was du verdienst, sparst du für deine Violine.«

Mein Herz klopfte heftig.

»Ich muss mit meiner Mutter reden«, sagte ich.

»Natürlich.«

Er tätschelte mir den Kopf.

»Jetzt geh zur Schule. Deine Mutter kann mich sprechen, wann sie möchte.«

Ich schied freudig bewegt von Monsieur Nino.

Als ich meiner Mutter von dem Gespräch mit Monsieur Nino erzählte, wirkte sie verärgert, ja gekränkt:

»Monsieur Nino hat dich gebeten, bei ihm zu arbeiten! Wenn ich ihn nicht kennen würde, hätte ich seinen Vorschlag als Affront betrachtet.«

Ich nahm Monsieur Nino in Schutz:

»Er hat mir von seinem Sohn erzählt, von dem Kummer, den er ihm bereitet, und er sagt, er bedauert, dass er keinen Jungen wie mich hat. Er beglückwünscht mich immer zu meinen Ergebnissen und hat mir berichtet, wie stolz du auf mich bist.«

»Er ist schon nett!«, räumte meine Mutter ein, und der strenge Ausdruck, den ihr Gesicht angenommen hatte, milderte sich etwas.

»Er will mir einfach nur helfen, damit ich auf meine Geige sparen kann. Ich kann mit meinen Büchern kommen und lernen. Er sagt, dass ich freie Zeit hätte. Manchmal sind keine Gäste da.«

»Ich spreche mit Monsieur Nino darüber. Dein Vater hat das letzte Wort. Ich bin nicht angetan davon, dass du bei jemandem arbeitest.«

Wie ich später erfuhr, begab sie sich noch an diesem Nachmittag zu Monsieur Nino. Bei meiner Rückkehr aus der Schule äußerte sie sich nicht dazu, ihre Miene war gelassen, sie verriet kein Leid, keinen Ärger. Ich schloss mich zum Lernen in meinem Zimmer ein. Vor den Lektionen und den Aufgaben nahm ich jedoch eine der Partituren, die Monsieur Benjamin für uns fotokopiert hatte, spielte die Stücke im Kopf und stellte mir dabei vor, wie meine Geige sicher zwischen meiner Schulter und dem Kinn eingeklemmt war. Ich hörte den Klang des Instruments, als wäre die Szene real. Manchmal machte ich einen Fehler, und ich hörte die tiefe Stimme von Monsieur Benjamin, der mich tadelte und mich aufforderte, es noch einmal zu versuchen: »Du schaffst diese Passage schon, Adrien. Ich vertraue dir.« Monsieur Benjamin hat seine eigene Art, uns anzuspornen, und ich verstehe nicht, warum die anderen Teilnehmer so eifersüchtig auf mich sind, dass sie mir sogar die Finger brechen wollen. Er lässt allen Schülern dieselbe Aufmerksamkeit, dieselben Ratschläge zukommen. Vielleicht passe ich besser auf. Ich liebe die Geige. Ich berühre sie zärtlich, spüre sanft ihr Holz, die Reinheit ihres Lacks, ihren unverwechselbaren Geruch. Ich schlief stets in dem Glauben ein, meine Violine liege neben mir, und sah mich im Traum mehrmals vor einem Saal voller Bewunderer spielen, die applaudierten wie in Monsieur Benjamins Konzert. Ein Offizier in Galauniform kam auf mich zu, um mir einen Blumenstrauß des Präsidenten zu überreichen.

Meine Mutter rief mich und unterbrach so meine imaginäre Interpretation eines Stücks, das ich liebe, nämlich *Yesterday* von den Beatles. Wir lernten bei Monsieur Benjamin eine Bearbeitung davon. Ich ging zu ihr. Sie saß mit meinem Vater auf der Veranda und tauchte lässig ihren Löffel in eine große Schale Schokoladeneis. Mein Schwerenöter von Vater weiß, wie er meine Mutter günstig stimmen kann. Sobald er mit Blumen oder Schokoladeneis kommt, hat sie ihm etwas zu verzeihen.

»Komm, Adrien«, sagte mein Vater. »Setz dich neben mich.«

Er wirkte gut gelaunt, was mich beruhigte. Meine Mutter sah mich nicht einmal an, als wollte sie sich unsichtbar machen, mich mit meinem Vater allein lassen.

»Deine Mutter hat mir gesagt, dass Monsieur Nino dir angeboten hat, nachmittags bei ihm zu arbeiten.«

»Ja, Vater.«

Er lächelte.

»Deine Mutter ist nicht einverstanden. Sie glaubt, es sei erniedrigend für sie, wenn du bei Monsieur Nino arbeitest. Ich habe sie eines Besseren belehrt.«

Ich sagte nichts und wartete mit wild klopfendem Herzen auf die Fortsetzung.

»Das mit der Geige musst du dir aus dem Kopf schlagen. Du kannst nie genug zusammensparen, um eine zu kaufen. Illusionen können einem das Leben vermiesen.«

»Papa! Ich will meine Violine!«, protestierte ich.

Er schnitt mir mit einer Geste das Wort ab.

»Ich glaube, es ist gut, wenn du arbeitest. Unsere Tragik, die Tragik der Mittelklasse, ist, dass uns nie in den Sinn gekommen ist, selbständig zu arbeiten. Wir wollen Beamte sein, schlimmer noch, Politiker. Das ist unser ganzes Universum. Du wirst viel lernen, wenn du bei Monsieur Nino arbeitest. Du wirst vor allem verstehen, dass Erfolg bedeutet, sein eigenes Unternehmen zu haben. Monsieur Nino ist von niemandem abhängig, auch wenn einige die Nase rümpfen, weil er mit dem Zufall handelt.«

Er schenkte sich ein wenig Rum ein.

»Vor allem werde nicht Lehrer wie ich. Es ist der schönste Beruf der Welt, aber so, wie dieses Land den Bach runtergeht, würde ich einen solchen Beruf nicht einmal dem Sohn meines ärgsten Feindes empfehlen. Journalist ist noch schlimmer.«

Ich konnte nicht glauben, was ich gerade gehört hatte.

»Erlaubst du, dass ich bei Monsieur Nino arbeite?«

Er versetzte mir einen freundschaftlichen Knuff.

»Aber sicher. Was glaubst du von deinem Vater? Dass ich all deinen Wünschen im Weg stehe? Ich verlange nur eins.«

»Ich weiß«, sagte ich und faltete vor Glück die Hände. »Dass ich in der Schule immer gute Noten habe.«

»Du verstehst alles. Jetzt geh arbeiten.«

Meine Mutter hielt das Gesicht über ihre Schale Eis gebeugt.

»Danke, Mama«, sagte ich zu ihr.

Sie bedeutete mir zu gehen, ohne mich auch nur anzusehen.

»Bedank dich bei deinem Vater. Ich werde diese Intellektuellen nie verstehen.«

Mein Vater brach in Gelächter aus. Ich hatte mich bereits entfernt und hechtete mit einem Freudenschrei auf mein Bett. Mein Vater täuschte sich gewaltig. Wenn ich bei Nino arbeitete, würde ich schon genug Geld zusammensparen, um meine Violine zu kaufen.

Ich begann meine Arbeit bei Monsieur Nino an einem Freitag-nachmittag. Er hatte es so gewollt, weil ich an diesem Tag um zwölf Uhr Schulschluss habe. Das Wochenende über hätte ich Zeit, mich mit meinen Aufgaben vertraut zu machen, die mir relativ einfach erschienen. Es ging darum, die Bestellungen der Gäste aufzunehmen und sie Annette zu überbringen, die an der Bar thronte und das Servieren der Getränke und Speisen übernahm. Da das Menü nicht viel Auswahl bot und es an Getränken nur Bier, Rum oder Whisky gab, brauchte ich nicht viel auf den kleinen Stoß weißer Blätter zu schreiben, die Monsieur Nino mir gegeben hatte. Am späten Abend füllte ich *borlette*-Scheine aus, die mithilfe von zwei Durchschreibeblättern unter dem Original des Kunden immer in dreifacher Ausfertigung ausgestellt werden. Ich nahm das Geld in Empfang und übergab das Wechselgeld. Monsieur Nino wunderte sich über die Leichtigkeit, mit der ich diese Aufgaben bewältigte. Was ihn vor allem überraschte, war, dass ich mich kein einziges Mal verrechnete. Dabei war Mathematik meine Haupt-schwäche in der Schule. Meine Lieblingsfächer waren Geschichte und Erdkunde. Im schriftlichen Ausdruck wurde ich immer für meine expressiven und reichhaltigen Erzählungen gelobt.

Ich verdiente zehn Gourde pro Woche, und noch bevor Mon-sieur Nino mir mein erstes Gehalt auszahlte, gestand ich mir ein, dass mein Vater Recht hatte. Mit dieser Summe war es mir, selbst wenn ich alles sparte, unmöglich, eine Violine zu kaufen. Ich musste auf einen Weg sinnen, mehr zu verdienen. Logischerweise dachte ich an die Zahlen. Jene magischen Zahlen, um die sich die Gespräche der Erwachsenen drehten und die sie sogar den Nummernschildern von Unfallautos entnahmen. Ich interessierte mich für das *tyala* meiner Mutter und lernte die Verbindungen zwischen den Gegenständen, Tieren, Situationen und den Zahlen auswendig. Dass meine Mutter nie gewann, sagte mir Monsieur Nino eines Tages, lag daran, dass die Träume einen oft täuschen und sich der Erinnerung entziehen. Der wahre Traum, der, der einem Zugang zur Gewinnzahl gewährt, ist so leicht, so schnell, so flüchtig wie ein *wanga-nègès**, der über einer Blüte schwirrt. Man muss ihn einfangen und darf ihn nicht wieder entwischen lassen. Ein Moment der Unaufmerksamkeit, und er verschwindet aus deinem Gedächtnis. Das Beste, was ein Spieler tun kann, ist, immer mit Bleistift und Papier in Griffweite einzuschlafen. Wenn er mitten in der Nacht aufwacht, notiert er die Einzelheiten aus seinem Traum und kann anschließend weiterschlafen. Hat er am nächsten Morgen vergessen, was er notiert hat, war es ein guter Traum, und dann kann das *tyala* seinen Zweck erfüllen. Sobald ich meine ersten zehn Gourde erhielt, befolgte ich Monsieur Ninos Ratschläge wortgetreu. Ich schlief mit Papier und Bleistift unter dem Kopfkissen, und wenn ich nachts aus einem Traum erwachte, schrieb ich eilig alles auf. Waren frühmorgens von diesen Erinnerungen nur meine Notizen übrig, schlug ich eilig im *tyala* nach, aber die vom heiligen Buch der *borlette*-Spieler empfohlenen Zahlen standen nie auf der so oft konsultierten Tafel vor Monsieur Ninos Restaurant.

Ich verlor nicht den Mut, denn mir fiel ein, dass die zufällig ausgewählten Zahlen auf dem Papier, mit dem ich Madame Jeannette weismachte, meine Mutter spiele diese Nummern, gelegentlich gewannen. Da mich meine Mutter – überzeugt, dass das Glück ihr eines Tages hold wäre – weiterhin zum Loskauf schickte, setzte ich den Rest meines Geldes auf die Zahlen, die ich Madame Jeannette angab. Diesmal schien deren Glück jedoch durch meine Schuld versiegt zu sein. Keine der Nummern stand an der Tafel, und mein kleines Gehalt zerrann. Die Hoffnung, meine Geige zu kaufen, schwand, und selbst die Möglichkeit, mit meinen Ersparnissen einen kleinen Handel zu beginnen, wurde zunichte.
Ich bemerkte, dass meine Schulnoten unter meinen Bemühungen zu leiden begannen, und strengte mich beim Lernen und den Aufgaben stärker an, so dass der plötzliche Leistungsabfall sich nicht in meiner Monatsbilanz niederschlug. Mein Vater gratulierte mir, während der Blick meiner Mutter mir nahelegte, dass sie meine Ängste und Qualen ahnte.

*   Kolibri.

Dennoch gab ich nicht auf. Ich wollte die Tür des Zufalls aufbrechen. Aufmerksam lauschte ich den Unterhaltungen der Gäste. Da politische Gespräche gefährlich waren, beschränkten sich die Themen auf die Begegnungen zwischen den drei wichtigsten Fußballclubs der Stadt oder auf die *borlette*. Ich erfuhr erstaunt von den Abenteuern der eingefleischten Spieler, die für die Gewinnzahlen zu allem bereit waren. Einige behaupteten, sie hätten fabelhafte Reisen in die hintersten Winkel der Erde oder zum Grund des Wassers unternommen und Wesen getroffen, die ihnen die Gewinnzahlen verraten hätten. Andere wollten durch magische Verfahren Sterne »heruntergeholt« haben, welche auf nur einmal lesbarem Pergament jene Zahlen gedruckt hätten, die für den Betreiber der Annahmestelle Ruin und für den Spieler immerwährenden Reichtum bedeuten. Ich hielt diese Geschichten für Spintisiererei und konnte mir ohnehin, trotz meiner Entschlossenheit, mir eine Violine zu kaufen, um den Unterricht bei Monsieur Benjamin wieder aufzunehmen, nicht vorstellen, mit irgendeinem Teufel um meine Seele zu verhandeln und in jener Hölle zu brennen, die der Religionslehrer uns in der Grundschule so oft beschrieben hatte.

Ein Mann kam oft in Monsieur Ninos Restaurant. Sein Name war Decayou. Manchmal kam er auf einem Pferd an, das die Neugier der Passanten erregte, so mager war es. Manche prusteten los, wenn sie das Tier sahen. Decayou band es vor der Tür an und streichelte ihm den Kopf, wobei er ihm ein Gedicht aufsagte, dann trat er ein und setzte sich allein an einen Tisch. Er zog einen Stapel Papier aus einer abgewetzten Ledertasche und verbrachte mehrere Stunden mit Schreiben. Ich wusste nicht, was er schrieb, aber es waren keine Zahlen, denn ich hatte ihn nur selten spielen sehen. Er bezeichnete sich als Dichter von Weltruf. Monsieur Nino bestätigte mir, dass der Mann tatsächlich ein Dichter war, aber er übertreibe wie alle Leute seiner Zunft, wenn er behaupte, er sei auf der ganzen Welt bekannt: »Er hat nur einen Gedichtband veröffentlicht, der gute Kritiken bekommen hat. Seitdem hat er nichts Außergewöhnliches geschrieben. Er trinkt zu viel. Aber er ist ein anständiger Mensch. Ein Wert, der diesem Land

45

gerade verlorengeht.« Monsieur Nino hatte mich dann in sein Büro bestellt, das so vollgeräumt war, dass man kaum stehen, geschweige denn sitzen konnte.

»Adrien«, sagte er, »dein Vater vertraut mir. Ich habe dich beobachtet. Du benutzt deinen ganzen Lohn zum Spielen. Das ist schlecht in deinem Alter. Du gewöhnst dir etwas an, was dich zugrunde richten wird. Ich verdiene meinen Lebensunterhalt damit, dass ich die anderen zum Spielen bringe.«

»Sie brauchen sich keine Sorgen zu machen, Monsieur Nino. Ich tue es nur des Geldes wegen, damit ich meine Violine kaufen kann.«

Er geriet in Wut. Zum ersten Mal sah ich ihn zornig.

»Du wirst wie diese Verrückten, die süchtig nach der *borlette* sind. Mit deinen Einsätzen wirst du nie genug verdienen, um eine Geige zu kaufen. Und außerdem sind Geigen in Haiti nicht erhältlich. Du musst jemanden finden, der sie dir aus dem Ausland mitbringt, was die Kosten erhöht. Du solltest diese Geschichte lieber vergessen. Du hast noch genug Zeit, den Unterricht wieder aufzunehmen. Ich möchte nicht, dass dein Vater, der ein anständiger Mensch ist, mir vorwirft, ich hätte dich vom Lernen abgehalten. Von nun an setzt du hier nur für deine Mutter. Hast du das verstanden?«

»Verstanden, Monsieur Nino.«

Ich war an meinen Platz an der Theke zurückgekehrt. Annette machte sich mit verhüllten Worten lustig, während ich meine Englischlektion lernte. Ich bemerkte, dass der Dichter Decayou mich aufmerksam ansah. Er winkte mich an seinen Tisch. Ich erwartete eine Bestellung. Er war zu dieser Zeit der einzige Gast.

»Dein Name ist Adrien, oder?«

»Ja, ich heiße Adrien.«

»Wie der römische Kaiser Hadrian. Alle Hadrians sind normalerweise zu Hohem berufen.«

Er seufzte.

»Ich verübele meinen Eltern, dass sie mich Decayou genannt haben. Decayou, was soll das heißen? Don Quijote wäre besser gewesen. Hast du *Don Quijote* gelesen?«

Ich schüttelte den Kopf.

»*Don Quijote!* Meine Kopfkissenlektüre! Der heutigen Jugend fehlt es an Bildung. Don Quijote war vielleicht verrückt, aber er träumte von Rittertum und Ruhm. Heute träumt niemand mehr von Rittertum und Ruhm. Don Quijote hat Windmühlen angegriffen, weil er sie für die Burgen seiner Feinde hielt. Kennst du den Namen des Pferdes, auf dem ich manchmal hierher reite? Nein, natürlich nicht. Es heißt Rosinante wie das von meiner Lieblingsgestalt. Lächle nicht. Es ist mager, weil es den Wind atmet, der heute weht. Die verpestete Luft dieses Landes, und die Pest sind die *macoutes*. Aber eines Tages wird es zunehmen und wird die Ehre haben, den Dichter in seinem letzten Kampf zu tragen. Wenn die Stunde des Erwachens schlägt, werde ich mit meinen Worten eine Lanze schmieden und in den Krieg ziehen, nicht gegen Trugbilder, sondern gegen die Festungen der Dummheit und der Ignoranz, um sie dem Erdboden gleichzumachen.«

Am Ende des Satzes hatte er sehr laut gesprochen.

Er schenkte sich ein Glas Rum ein.

»Monsieur Nino hat mir eine schöne Geschichte über dich erzählt«, sagte er und sah mir direkt in die Augen.

»Welche Geschichte, Monsieur Decayou?«

»Von der Violine, die du dir wünschst, um deinen Unterricht bei Monsieur Benjamin fortsetzen zu können. Ein Virtuose! Wir waren seinerzeit befreundet, bevor er den Verrückten unterstützt hat, den blutrünstigen Wahnsinnigen, der jetzt an der Macht ist. Dieser Geisteskranke hat in meiner Geburtsstadt Leute wegen ihrer Hautfarbe massakrieren lassen. Ich bin Mulatte, siehst du in mir einen Feind?«

»Aber keineswegs, Monsieur Decayou«, antwortete ich, ohne etwas zu verstehen.

»Ich bin ein Dichter. Ein großer. Der einzige, dessen dieses Land sich rühmen kann, in dieser Zeit, in der alles beschmutzt wird. Du wirst einmal ein Virtuose, das spüre ich.«

»Danke, Monsieur Decayou.«

»Ich muss dir helfen, indem ich dir die Gewinnzahlen verschaffe.«

Ich schüttelte den Kopf.

»Monsieur Decayou! Zu den Gewinnzahlen habe ich zu viele seltsame Geschichten gehört. Ich will meine Violine, aber ich hänge an meiner Seele.«

Decayou reichte mir die Hand.

»Bravo, mein Junge. Das wollte ich von dir hören.«

Wir tauschten einen Händedruck. Er schien mir sympathisch. Abgesehen vom Alkoholgeruch hatte er etwas von Monsieur Benjamin.

»Du musst nur ein Gedicht lernen und es aufsagen, sonst nichts.«

Angesichts meiner Verwunderung brach er in Gelächter aus.

»Siehst du? Nur das. Du fragst ja gar nicht, wem du das Gedicht vortragen sollst.«

»Wem, Monsieur Decayou?«

»Keine Sorge. Keinem Teufel. Einer Frau. Einer Frau, an die du dich dein Lebtag erinnern wirst. Sie liebt die Poesie dermaßen! Wenn man ihr ein Gedicht vollendet rezitiert, fällt sie in Trance und flüstert Zahlen. Drei oder vier Zahlen. Möchtest du es versuchen?«

Ich war immer noch ein wenig misstrauisch.

»Wo wohnt diese Frau?«

Decayou lächelte erneut.

»Du triffst deine Vorkehrungen. Nino schätzt dich zu Recht so hoch. Nicht auf einem Friedhof oder an einem anderen seltsamen Ort. Bei ihr zu Hause! In einem Schlafzimmer! Einem Schlafzimmer wie dem von jeder beliebigen Frau. Sie legt sich vollständig nackt aufs Bett, schließt die Augen, und wenn sie in Trance gerät, flüstert ihr Geschlechtsteil dir die Zahlen zu.«

Ich riss die Augen so weit auf, dass Decayou in Gelächter ausbrach.

»Ihr Geschlechtsteil!«, rief ich aus.

Der Dichter machte eine nervöse Geste.

»Adrien! Wenn man dich hört!«

Ich begriff, dass ich ein wenig unvorsichtig gewesen war.

»Warum tun Sie das für mich, Monsieur Decayou? Nur um mir zu helfen?«

Decayou schien erfreut über meine Bemerkung.

»Du bist nicht so naiv, wie du aussiehst. Zu meiner Zeit waren die Jugendlichen in deinem Alter leichtgläubig. Heute nicht. Was glaubst du, wovon ich lebe? Da man mich weder ermorden noch einsperren lassen kann, denn ich bin zu bekannt, will diese Regierung mich verhungern lassen. Man gibt mir keine Arbeit. Man kauft meinen Gedichtband nicht. Aber Decayou hat mehr als einen Trick auf Lager. Wenn ich blank bin, suche ich mir jemanden, der in der Lage ist, ein Gedicht für diese Frau zu deklamieren. Unter der Bedingung, dass wir den Gewinn teilen. Halbe-halbe. Du hast dann genug für deine Violine, und es bleibt dir noch etwas für deine kleinen Launen.«

»Von wem ist das Gedicht?«

Er wirkte gekränkt.

»Na von mir, Adrien. Ich bin der letzte Dichter dieses Landes. Die Tragik ist nur, dass es niemanden vom Schlage eines Cervantes gibt, der meine wahre Geschichte aufschreiben könnte!«

Ich ging mit einem langen Gedicht in Versen nach Hause, das ich in nur zwei Tagen auswendig lernen musste. Decayou hatte mir zu verstehen gegeben, er könnte mir helfen, indem er mir einige Passagen soufflierte, aber ich müsste mein Möglichstes tun, damit mein Vortrag nahezu perfekt wurde. Ich müsste mich vom Geist des Textes vollständig durchdringen lassen. Es war eine Ode an das weibliche Geschlechtsteil. In dem Gedicht war nichts trivial. Der Autor durchstreifte die Natur, um sein Staunen angesichts der Schönheit des Genitals der Frau auszudrücken, und ich hatte beim Lesen und anschließenden Rezitieren des Textes zum ersten Mal eine gewaltige Erektion. Meine Mutter erkundigte sich, was ich da machte, warum ich mich in meinem Zimmer eingeschlossen hatte und Sätze sprach, von denen sie nur Bruchstücke verstand. Ich war in sexuellen Dingen noch nicht besonders bewandert, erriet aber, dass Decayous Verse meine Mutter schockieren könnten. Schließlich wusste ich das Gedicht auswendig. Der Poet hatte mich auf einen kleinen Platz bestellt, der fünf Minuten von Monsieur Ninos Restaurant entfernt war. Ich musste mich direkt nach meinem Dienst hinbegeben. Zum ersten Mal belog ich meine Mutter und behauptete, ich würde wegen eines erwarteten starken Andrangs etwas später als gewöhnlich nach Hause kommen, denn an diesem Tag finde das Finale eines wichtigen Fußballturniers statt und viele Fans der Gewinnermannschaft würden bei Monsieur Nino feiern. Da der nächste Tag ein Samstag war und ich nicht in die Schule musste, hatte sie nichts dagegen. Sie teilte mir einfach nur mit, Monsieur Nino sei für mich verantwortlich.

Als ich auf dem Platz ankam, erwartete Decayou mich bereits. Er führte mich zu einem großen Holzhaus, vor dessen Eingang, geschützt durch ein imposantes Gittertor, ein Hof lag, den ein buschiger Ylang-Ylang mit seinem Duft erfüllte. Eine Hausangestellte mit undurchdringlicher Miene öffnete und führte uns in ein reich dekoriertes Wohnzimmer. Ein Tisch war mit leichten

Gerichten, Sandwiches und Getränken gedeckt. Decayou forderte mich auf, zuzugreifen. Die Hausherrin werde gleich kommen. Eine Welle des Begehrens überschwemmte mich, als ich eine junge Frau eine lange Holztreppe heruntersteigen sah, in deren Geländer Blumenmotive eingeschnitzt waren. Sie erinnerte mich an eine der Göttinnen des Olymp, so schön war sie in ihrem hauchdünnen, himmelblauen Kleid. Lange, nachtschwarze Haare fielen ihr auf die Schultern. Ihre langsamen, wie einstudiert wirkenden Gesten zeichneten geheimnisvolle Arabesken in die Luft und webten wohl ein unsichtbares Netz, in dem sich die fangen sollten, die sich zu nah an sie heranwagten.

»Mein lieber und unschätzbarer Decayou! Das ist also der Junge, dessen Vortragskünste du mir so gerühmt hast. Guten Tag, Adrien.«

Ich schluckte, bevor ich antwortete.

»Guten Tag, Madame.«

Sie lächelte.

»Adrien ist wirklich reizend. Er nennt mich Madame. Ist er nicht noch zu zart, um dein kleines Wunder zu deklamieren, mein lieber Decayou?«

Decayou nahm ihre Hand und drückte einen Kuss darauf.

»Der Zartheit ist oft die Eleganz zum Malen der Worte eigen, Madame«, sagte er.

Im Restaurant hätte ich ihn mir nie so raffiniert vorgestellt und auch nicht so ... altmodisch. Ich hatte einmal meinen Vater sagen hören, man küsse Frauen nicht mehr die Hand und es sei bedauerlich, dass so gute Manieren heutzutage verloren gingen. Ich versuchte meine Verwirrung zu bezwingen und schenkte mir ein großes Glas Orangensaft ein. Während Decayou mit seiner Freundin sprach, bewunderte ich die Bilder an den Wänden. So schöne hatte ich noch nie gesehen. Ich war tief beeindruckt von einem, das einen Geiger darstellte. Die junge Frau, die Decayou sicher von meiner Leidenschaft für dieses Instrument informiert hatte, erklärte mir das Bild mit einer Begeisterung, die viel über ihre Liebe zur Malerei verriet. Der Dichter erinnerte unsere Gastgeberin an die bereits fortgeschrittene Stunde. Ich musste bald nach Hause.

»Ich bereite mich vor«, sagte sie und bedachte mich mit einem strahlenden Lächeln.

Sie wandte sich Decayou zu.

»Und du, sei artig, du alter Lüstling.«

»Ich bin immer artig, meine Schöne«, antwortete Decayou mit einer Verbeugung.

Wieder erinnerte er mich an Monsieur Benjamin. Sie mussten lange miteinander verkehrt haben, auf dieselbe Schule gegangen sein. Die junge Frau stieg die Treppe hoch und raffte dabei ein Stück ihres langen Kleides. Wir mussten nicht lange warten. Die Hausangestellte teilte uns mit, dass Madame uns erwartete.

»Jetzt ist es so weit«, flüsterte mir Decayou ins Ohr. »Ihr Körper wird deine Violine sein. Du der Bogen. Atme durch. Die Worte müssen eins werden mit deinem Herzen und deiner Seele. Die Gefühle müssen sich in dir niederlassen, von dir Besitz ergreifen.«

Ich stieg hinter ihm die Treppe hoch. Die Hausangestellte öffnete uns die Tür zu einem märchenhaften Schlafzimmer. Es war rot tapeziert. Ein großer Kerzenleuchter hing von der Decke, auf der, wie in einer Kirche, ein Maler einen Propheten – Moses? – mit seinem Stab vor einem tobenden Meer dargestellt hatte. Das Himmelbett war nicht hoch, und das Moskitonetz war mit bunten Bändern an Stäben wie den Zeptern von Unterweltgöttern befestigt. Unsere Gastgeberin lag nackt darauf.

»Du musst dich ebenfalls ausziehen, um dein Gedicht aufzusagen«, flüsterte sie mir zu.

Vollkommen überwältigt gehorchte ich mit zitternden Händen. Ich legte meine Kleider auf einen Hocker. Sie ließ mich bis zum Rand des Bettes vortreten und öffnete die Beine weit. Verblüfft betrachtete ich ihre üppige Schambehaarung, die nicht verbarg, was ich damals nicht benennen konnte, ihre von angekündigter Lust pulsierende Klitoris.

»Du fasst nichts an, mein Lieber. Du schaust nur hin, und die Worte genügen. Bring mich mit den Versen zum Schwingen. Wenn du hängenbleibst, hilft Decayou dir auf die Sprünge.«

Ich begann meinen Vortrag. Zunächst war ich etwas eingeschüchtert, dann gewann ich an Sicherheit. Ich hörte die Frau vor Lust keuchen und stellte mir vor, die Verse, die ich deklamierte, seien mein Bogen und ihr Körper die Saiten meiner Violine. Auch hinter mir hörte ich ein Keuchen, das ich für das Vergnügen des Dichters an der Schönheit seines Werks hielt. Ich stolperte über einen Vers, und Decayou flüsterte ihn mir ins Ohr. Sein Flüstern hatte eine seltsame Wirkung auf mich. Ich fuhr gleichwohl fort, während Decayou sich an mich drückte, sein Gesicht zu nah an meinem, als wollte er in dem Text nachschauen, den ich nicht in der Hand hielt. Die junge Frau war anscheinend in tiefer Trance. Ihr Körper wurde von kurzen Krämpfen gespannt, als gingen elektrische Entladungen durch ihn hindurch. Ihr Stöhnen verursachte mir eine Erektion.

»Hör auf ihr Geschlechtsteil«, keuchte Decayou. »Aus dieser Höhle aller Wonnen kommen die Ziffern ... Die Ziffern!!!«

Das wehmütige Stöhnen der jungen Frau war lauter geworden, als ich die letzte Strophe begann. Ich spürte Decayou, der sich an mir festklammerte, sein steifes Glied in meinem Rücken, und hörte eine Stimme drei Ziffern wispern: drei, vier und fünf. Kam diese Stimme aus dem Geschlechtsteil der Frau? Ich könnte es nicht sagen. Eine warme, klebrige Flüssigkeit lief mir zwischen die Gesäßbacken, während Decayou sich von mir löste. Die Frau stieß einen Schrei aus, ein letzter Krampf spannte ihren Körper zum Kreisbogen, dann sank sie still aufs Bett. Ich zog mich eilig wieder an. Es war etwas passiert, was ich nicht recht verstand. Ich hatte es eilig, von dort wegzukommen.

»Danke, Adrien«, sagte die junge Frau mit kurzem Atem. »Das war ein schöner Moment. Hast du deine Zahlen bekommen?«

»Ja, Madame«, antwortete ich. »Kann ich jetzt gehen? Meine Mutter wartet bestimmt schon auf mich.«

»Decayou wird dich begleiten.«

»Nein, Madame. Ich kenne den Weg.«

Ohne Decayous Reaktion abzuwarten, stürzte ich zur Tür und öffnete sie. Ich rannte die Treppe hinunter. Erreichte den Garten. Die Hausangestellte war bereits vor dem Tor, als ob sie uns erwartete. Sie öffnete mir mit einem verächtlichen Blick und einer geringschätzigen Handbewegung. Auf dem Weg nach Hause wiederholte ich unablässig die Zahlen im Kopf, um sie nicht zu vergessen. Zahlen, die mir das Geschlechtsteil einer Frau zugeflüstert hatte! Eine innere Stimme warnte mich indessen, dass diese Geschichte ebenso extravagant war wie die Geschichten, die die Lottospieler in Monsieur Ninos Restaurant erzählten. Ich kam nach Hause und ging dabei meiner Mutter aus dem Weg. Sie saß vor ihrer Nähmaschine, das Gesicht über ein Transistorradio auf einem Haufen Stoff gebeugt. Ich wusste, was sie machte. An bestimmten Abenden hörte sie zu ihrem Vergnügen einen von der Regierung verbotenen Sender, Radio Moskau, wo Opponenten die Geschehnisse in Haiti kommentierten und heftige Diatriben gegen das herrschende Regime losließen. Mein Vater hatte ihr oft empfohlen, vorsichtig zu sein. Ein Nachbar ist imstande, einen bei der Polizei anzuzeigen. Wenn sie diesen Sender hörte oder in eine gute Lektüre vertieft war, hätte man Kanonen neben ihr abfeuern können.

Ich nahm ein Bad, um die Beschmutzung loszuwerden, die mir am Gesäß klebte. Erriet ich, was das war? Vielleicht hatte ich eine konfuse Ahnung. In meinem Bett verschaffte ich, der für sein Alter zu artige Junge, der gleichwohl in Gegenwart gewisser junger Damen von der Schule eine tiefe Verwirrung verspüren konnte, mir frühmorgens ein unwahrscheinliches, unverständliches Vergnügen. Ich schlief schlecht in dieser Nacht, in der ich mir unablässig die Ziffern vorsagte, um sie nicht zu vergessen. Sehr früh, direkt nach der Messe, setzte ich auf die Zahlen, die aus den geflüsterten Ziffern bestanden. Keine stand auf Monsieur Ninos Tafel.

Eine Mutter hat einen sechsten Sinn, der ihr verrät, dass ihr Kind von Ängsten geplagt wird. Zwei Tage hatte ich keinen Appetit und sogar leichtes Fieber. Ich kam mir vor wie auf einer außer Kontrolle geratenen Schaukel: Eine mörderische Hand stieß mich jedes Mal ein weniger höher in die Luft, ich wurde immer schneller, konnte mich nicht mehr an der Kette festhalten und wurde zu Boden geschleudert, wo mein Körper zerschellte. Meine Mutter fragte mich mehrfach, warum ich so finster dreinblickte und auf einmal keinen Appetit hatte, ich, der normalerweise nie etwas auf dem Teller ließ und immer eine zweite Portion verlangte. Decayou hatte mich getäuscht. Ich war für ein Ritual gestörter Erwachsener benutzt worden. Mir wurde klar, warum die Freundschaft zwischen dem Dichter und Monsieur Benjamin keinen Bestand hätte haben können.

Decayou kam eine Woche nicht ins Restaurant, dabei hing er normalerweise jeden Tag dort herum, um die Blätter aus seiner alten Aktentasche auf dem Tisch auszubreiten. Er leerte, ohne das geringste Anzeichen von Trunkenheit, eine ganze Flasche Rum und aß nur wenig dazu, so dass Annette sich oft fragte, wie sein Magen eine derartige Diät aushielt.

Am siebten Tag nach meinem seltsamen Gedichtvortrag sah ich ihn im Restaurant eintreffen. Als wäre nichts geschehen, setzte er sich an seinen üblichen Platz und vollführte das Ritual mit seinen Papieren, bevor er mir ein Zeichen gab. Er bat mich, ihm eine Flasche Rum zu bringen. Annette, die bereits wusste, was der Poet benötigte, reichte sie mir. Die Wut grollte in mir, erstickte mich fast. Decayou hatte mich hereingelegt. Er hatte meine Naivität ausgenutzt. Schlimmer noch, er hatte sich wohl gedacht, ich sei ein wenig dumm. Anstatt sie vor Decayou auf den Tisch zu stellen, zerschlug ich die Flasche auf seinem Schädel. Der Dichter stieß den muhenden Klagelaut der Ochsen aus, denen man im Schlachthof die Kehle durchschneidet, und hielt sich mit beiden Händen den verletzten Schädel. Blut floss. Annette stürzte zu ihm hin.

»Was hast du gemacht, Adrien? Bist du verrückt geworden?«

Sie versuchte, den vor Schmerz wimmernden Dichter zu beruhigen und die Blutung zu stillen. Glücklicherweise hat Monsieur Nino einen Erste-Hilfe-Kasten hinter der Theke. Manchmal brechen hinter dem Restaurant Schlägereien zwischen den Spielern aus, und man begibt sich zur Behandlung einer Verletzung besser nicht ins Krankenhaus, denn dort müsste man in einem Formular Erklärungen liefern. So etwas will Monsieur Nino nicht. Annette verband Decayou mit kundiger Hand und wischte die Mischung aus Blut und Rum von Gesicht und Kleidung des Poeten.

»Dafür wirst du teuer bezahlen, Kleiner«, grollte Decayou. »Du hast es gewagt, einen Dichter anzugreifen, einen Ritter der Feder! An der heiligsten Stelle seiner Anatomie. Seinem Kopf!«

Monsieur Nino hatte in seinem Büro den Radau gehört, aber er beendete gerade eine wichtige Arbeit, die seine ganze Konzentration verlangte. Dennoch erschien er und erkundigte sich, was los war. Annette erklärte ihm, dass ich Decayou attackiert und eine Flasche Rum auf seinem Kopf zerschlagen hatte; dies bestätigte der Poet und nannte mich einen angehenden Mörder und künftigen *tonton macoute*.

»Komm in mein Büro«, befahl Monsieur Nino mir.

Ich folgte ihm ruhig. Als ich Decayou geschlagen hatte, hatte ich nicht überlegt. Ich hatte einem wilden Trieb nicht widerstehen können. Das war das einzige Mittel, diese Verschmutzung von mir abzuwaschen, die ich immer noch fühlte, ohne zu wissen, welcher Art sie war.

»Adrien! Kannst du mir das erklären?«

Ich erzählte ihm meine Geschichte mit Decayou. Seinen Vorschlag. Das lange Gedicht, dass ich hatte auswendig lernen müssen. Meine Anwesenheit bei dieser Frau. Decayou hatte behauptet, sie würde in Trance fallen, wenn ich die Verse fehlerlos aufsagte, und ihr Geschlechtsteil würde mir die Gewinnzahlen zuflüstern. Ich war immer der Klassenbeste im Erzählen gewesen, und so schilderte ich detailreich alles, was in diesem rot tapezierten Zimmer passiert war, und ließ auch Decayous seltsames Verhalten hinter meinem Rücken nicht aus. Monsieur

Nino stand auf und zog einen langen Stock unter seinem Schreibtisch hervor. Ich hatte bereits gesehen, wie er ihn drohend gegen zu erregte Spieler oder Säufer geschwungen hatte, die, befeuert durch die Getränke, Unordnung stifteten. Ich glaubte, er würde mich durchprügeln, aber er öffnete die Tür, ging zu Decayou und versetzte ihm einen jener Hiebe auf den Rücken, die einen Ochsen niederstrecken können. Decayou fiel von seinem Stuhl und stand mit einer Behändigkeit auf, die man ihm nicht zugetraut hätte.

»Seid ihr in diesem Laden denn alle verrückt geworden?«, brüllte er.

»Pack deinen Kram zusammen und hau ab, du dreckiger Perverser!«

Decayou raffte eilig seine Blätter zusammen und stopfte sie in seine Tasche.

»Ihr habt Glück, dass ich keine Anzeige bei der Polizei erstatten kann. Ihr alle würdet mich gern tot sehen.«

Er sah Monsieur Nino an und spuckte in seine Richtung.

»Exkrement von einem *tonton macoute*!«

Monsieur Nino verfehlte ihn mit einem zweiten Stockhieb. Decayou konnte knapp ausweichen und stürzte zu der glücklicherweise offenstehenden Tür, Monsieur Nino hinter ihm her. Der Dichter war nicht mit Rosinante, seinem Pferd, gekommen. Es war ein echtes Spektakel, wie Monsieur Nino mit dem Stock in der Hand Decayou verfolgte, der in besserer körperlicher Verfassung war, denn er entkam. Die Episode war mehrere Tage lang Gegenstand der Spötteleien des Viertels.

Ich fürchtete, Monsieur Nino würde mich entlassen, nachdem ich den Dichter geschlagen hatte, aber stattdessen erhöhte er mein Gehalt um fünf Gourde und empfahl mir ein weiteres Mal, die Geige für eine Weile zu vergessen. »Die Violine ist für die ernste Musik, Adrien. Unser Land ist ein sinkendes Schiff. Es wird lange sinken, bevor eine Hand, möglicherweise die Hand Gottes, es wieder flott machen kann. Und während es sinkt, haben die Frauen und Männer hier nur die allertrivialsten Dinge im Kopf. Du tust mir leid. Du bist verloren in einer Welt, die nicht deine ist. Ein kleiner Haitianer, der davon träumt, ein Geigenvirtuose zu werden!«

Natürlich war meiner Mutter die kuriose Szene zu Ohren gekommen, in der Monsieur Nino einen anerkannten Dichter mit dem Stock in der Hand verfolgt hatte. Die Schaulustigen, die der Müßiggang zu scharfen Beobachtern machte, interessierten sich insbesondere für den Umstand, dass der Dichter Monsieur Ninos Restaurant bei bester Gesundheit betreten hatte und in dem bekannten Zustand, mit einem Verband um den kahlen Kopf, wieder herausgekommen war. Meine Mutter, der klar war, dass ich sicher die vollständige Geschichte kannte, wollte mehr darüber wissen. Mir war nicht im Geringsten daran gelegen, dass sie erfuhr, wie ich mein kleines Gehalt schmählich verspielt hatte, weil der Dichter mir weisgemacht hatte, das Geschlechtsteil einer Frau könnte mir die Gewinnzahlen enthüllen. Ich behauptete, Decayou sei Monsieur Nino eine riesige Summe schuldig. »Die beiden haben sich geprügelt, Decayou hatte eine Verletzung am Kopf, und Annette hat ihn verarztet. Aber nachdem er verbunden war, hat er Monsieur Nino ...« – hier sprach ich leiser, um nicht einmal von den Wänden gehört zu werden, denn trotz meines jungen Alters wusste ich, dass man manches nicht ausspricht, es nicht einmal in seinem Inneren bewahrt, da der Präsident möglicherweise große magische Kräfte besitzt – »... ein Exkrement von einem *tonton macoute* genannt.« Über dieses Detail log ich nicht, denn es war der Anlass für die Verfolgungsjagd gewesen, die das Viertel ergötzt hatte.

Ich führte oft lange Gespräche mit Annette, wenn keine Gäste da waren. Sie ist dreißig, sieht aber älter aus, weil, so sagte sie, ein nichtsnutziger Gendarm sie zweimal geschwängert und dann mit zwei Kindern am Hals verlassen hat. Sie hatte sich in der Kaserne beschwert, aber man hatte ihr angedroht, sie zu vergewaltigen und ihr ein drittes Kind zu machen, dessen Vater jeder aus dem Bataillon sein könnte. Darauf war sie aus der Stadt geflohen und »auf der Suche nach dem Leben« in die Hauptstadt gezogen. Dort hatte sie jede Menge niedere Tätigkeiten ausgeübt, bis sie diesen wie von der Vorsehung geschickten Arbeitsplatz bei Monsieur Nino gefunden hatte. Dieser wäre ein wunschlos glücklicher Mann, wäre da nicht seine Frau, die ihm nicht nur ständig das Leben schwer mache, sondern ihn obendrein bei jeder Gelegenheit betrüge. Ich hatte Annette von meinem Ziel erzählt, zu sparen, um meinen Vater beim Kauf einer Violine zu unterstützen. Die Zeit verging, und Monsieur Benjamin sollte bald zurückkehren. Meine Hoffnung, den Unterricht wieder aufzunehmen, schwand immer mehr. Was ich bereits hätte ansparen müssen, hatte ich an die Fata Morgana der *borlette* verloren.

Madame Nino mag mich nicht besonders. Sie verzeiht mir das Verhalten ihres Mannes nicht, der meinetwegen fast handgreiflich gegen sie geworden wäre. Ich hatte mir nichts vorzuwerfen. Sie hatte eine unpassende Bemerkung gemacht, die ich nicht richtig verstanden hatte. Sie kommt nur selten ins Restaurant. Morgens trinkt sie manchmal auf der Terrasse, wo alle Passanten sie sehen können, mit ihrem Mann einen Kaffee, als wollte das Paar die hartnäckigen Gerüchte über ihre bevorstehende Scheidung Lügen strafen. Sie gehen jeden Sonntag um sieben Uhr zum Hochamt in die Kirche und kommunizieren gemeinsam, obwohl der Pfarrer ihre Gegenwart anscheinend zum Anlass nimmt, diejenigen zu geißeln, die mit dem Zufall handeln und Wucher treiben. Ich habe noch nicht gesagt, dass Monsieur Nino als Pfandleiher viel Geld verdient. Es gibt einen Raum, in dem er die Gegenstände lagert, die die Kunden ihm für erhebliche Beträge überlassen. Ich war mehrere Male dort, um ihm beim Katalogisieren der Objekte zu helfen, damit man sie, wie Monsieur Nino sagte, leicht wiederfindet, wenn der Kunde sie auslösen will. In diesem Zimmer stapeln sich elektronische Geräte und Musikinstrumente, vor allem Gitarren, Orgeln und Saxophone, aber keine Spur von einer Geige. Viel Schmuck wie Uhren, Armreifen und Halsketten. Auch Kleidung. Silberbesteck. Sogar Revolver, Maschinenpistolen und Gewehre. Milizionäre verpfänden ihre Waffe, lassen sie aber nie lange dort. Sie holen sie zurück, bevor ihr Chef diesen schwerwiegenden Disziplinverstoß bemerkt. Ich beobachtete eines Tages sogar eine riesige Schlange, die hinter die Regale kroch. Das Reptil hatte Monsieur Nino eine Heidenangst eingejagt. Ein Kunde hatte eine lange Silberkette verpfändet. Er hatte eine anständige Summe dafür bekommen. Am nächsten Tag hatte Monsieur Nino bemerkt, dass man ihn übers Ohr gehauen hatte. Die Silberkette war nur eine gewöhnliche Schlange, die für ihn wertlos war. Er rief zwei Freimaurer, um sie loszuwerden, aber diese hatten dem Reptil nur seine Aggressivität nehmen können. Die Schlange weigerte sich, die Regale zu verlassen. Seitdem war Monsieur Nino noch vorsichtiger, denn ihm zufolge waren die lebenden Christenmenschen in diesen schwierigen Zeiten zu allem bereit, um einem das Geld aus der Tasche zu ziehen.

Eines Morgens saß Madame Nino allein auf der Terrasse, da ihr Mann mit seinem alten Auto weggefahren war, um Artikel einzukaufen, die er für das Restaurant oder den Spielsalon benötigte. Sie erblickte mich, als ich wie üblich auf dem Schulweg vorbeikam, und rief mich her: »Adrien! Ich brauche dich!« Ich zögerte. Sie ist die Frau des Chefs. Ein wenig misstrauisch stieg ich die kleine Treppe zu ihr hoch.

»Du brauchst keine Angst vor mir zu haben«, sagte sie mit einem gezwungenen Lächeln. »Nino ist ein Bauerntrampel. Er wird sich nie ändern.«

Ich schwieg und wartete darauf, zu erfahren, warum ich neben ihr stand.

»Könntest du mir einen Gefallen tun? Ich gebe dir zehn Gourde.«

Sie schob zwei Fünf-Gourde-Scheine auf dem Tisch zu mir hin.

»Ich möchte, dass du Édouard diesen Brief überbringst.«

»Édouard!«, wiederholte ich. »Wer ist das?«

Sie reichte mir einen Umschlag.

»Die Adresse steht drauf. Es ist nicht sehr weit von hier. Du kannst vor der Schule hingehen. Er muss den Brief persönlich entgegennehmen. Niemand anderes.«

Ich nahm den Umschlag und las die Adresse. Sie lag auf meinem Weg, ich musste keinen Umweg machen. Ich riss die zehn Gourde an mich. Für den Kauf der Geige musste ich meine Ersparnisse wiederherstellen.

»Danke Adrien«, sagte Madame Nino.

Ich ging, ohne auch nur ihren Gruß zu erwidern. Sie fürchtet ihren Mann zu sehr, um sich an mir zu vergreifen, aber Vorsicht ist angebracht. Ich ging schneller als gewöhnlich, denn ich hatte einen Auftrag auszuführen, bevor ich in der Schule antrat. Als ich an der genannten Adresse ankam, stellte ich überrascht fest, dass dort ein Soldat Wache hielt, eine Zigarette im Mund, sein Gewehr umgehängt. Vor dem Haus stand ein luxuriöser Chevrolet. Der Chauffeur, ebenfalls ein Soldat, schlummerte am Steuer.

»Ich habe einen Brief für Édouard«, sagte ich zu dem Posten.

Er sah mich beinahe beleidigt an.

»Es heißt nicht Édouard, Kleiner, sondern Leutnant Édouard.«

»Das habe ich nicht gewusst«, stammelte ich.

»Ich werd euch jungen Leuten schon Manieren beibringen. Bei mir vergeht keine Woche, ohne dass ich meinem Sohn nicht mindestens zwei anständige Trachten Prügel verpasse.«

»Ich muss Leutnant Édouard einen Umschlag übergeben«, beharrte ich.

»Gib ihn mir«, sagte der Soldat.

Ich erinnerte mich an die Anweisung von Madame Nino.

»Ich darf den Umschlag nur Leutnant Édouard aushändigen.«

»Wer hat ihn dir gegeben?«, fragte der Posten.

Er stellte zu viele Fragen. Ich erwog, mit dem Brief wieder zu gehen. Ich könnte Madame Nino immer noch sagen, dass ich Leutnant Édouard nicht angetroffen hatte.

»Was will der Junge?«, fragte plötzlich eine Stimme.

Ein Leutnant in Uniform kam auf uns zu, ein gut aussehender Mann mit einem tadellosen Haarschnitt. Er erinnerte mich an den

Offizier, der auf die Bühne gestiegen war, um Monsieur Benjamin den Blumenstrauß des Präsidenten zu überreichen.

»Herr Leutnant«, sagte der Soldat und nahm Haltung an, »er hat Ihnen einen Umschlag zu übergeben.«

»Wer schickt dich, mein Junge?«, fragte der Leutnant.

Ich schüttelte den Kopf, um ihm zu verstehen zu geben, dass ich keinen Namen nennen würde, wenn es außer ihm jemand hören konnte. Ich bekomme immer zu hören, ich sei furchtbar naiv, vor allem von Monsieur Nino seit der Decayou-Affäre. Seither nehme ich mich in Acht, keine Böcke mehr zu schießen, um nicht die Folgen tragen zu müssen. Ich reichte ihm den Umschlag.

»Herr Leutnant!«, protestierte der Soldat, als sein Vorgesetzter die Hand nach dem Umschlag ausstreckte, als könnte der irgendeine Bedrohung enthalten.

»Rühren, Soldat!«, befahl der Leutnant. »Wenn man sogar einem so gut aussehenden Schuljungen misstrauen muss, dann ist die Revolution verloren.«

Er nahm den Umschlag und las den Absender. Sofort verwandelte sich sein Gesicht. Ich las Erleichterung darauf, ein großes Glück, als erwartete er, noch bevor er den Inhalt zur Kenntnis genommen hatte, bereits Worte und Sätze, die sein Herz erfreuten. Er zog einen Fünf-Gourde-Schein aus der Brieftasche.

»Danke, mein Freund. Ich bewundere deine Diskretion. Wie heißt du?«

»Adrien«, antwortete ich.

»Nimm diese fünf Gourde, Adrien, und lern gut in der Schule. Ich sage du-weißt-schon-wem, dass du ein vorsichtiger Bote warst.«

Ich nahm die fünf Gourde und ging schnellen Schritts und leichten Herzens. Mit ein bisschen Glück würde es mir gelingen, das Geld zusammenzusparen, das mir für den Kauf der Geige fehlte. Der Chevrolet, den ich gesehen hatte, fuhr an mir vorbei, und der Leutnant auf dem Rücksitz grüßte mich. Ein Mädchen aus meiner Schule, Nadine, die ein Jahr älter ist als ich und sich unbemerkt zu mir gesellt hatte, wunderte sich: »Sag bloß! Du kennst ja wichtige Leute! Das ist Leutnant Édouard, ein Adjutant des Präsidenten.« Sie hatte bisher nie irgendein Interesse an mir gezeigt. Wir tauschten ein paar Belanglosigkeiten aus, was den Schulweg verkürzte. Von da an verhielt sie sich mir gegenüber völlig anders.

Eines Abends kam ich mit einer grässlichen Migräne von Nino zurück. Ich hatte ihm dabei helfen müssen, alle Transaktionen der Woche zu übertragen. Er nannte mir Namen und Zahlen, und ich notierte alles in einem großen Heft, das er in einem Geldschrank verwahrt, dessen Kombination nur er kennt. Meine Mutter legte das Buch ab, das sie las. Ich erinnere mich noch an den Titel: *Die Wölfinnen von Machecoul*, ein Roman von Alexandre Dumas, den sie mir zur Lektüre empfahl.

»Adrien ... wir müssen reden.«

Ich setzte mich neben sie.

»Adrien, du machst dir wegen dieser Geigengeschichte dein junges Leben sauer. Wer hat dich auf dieses Violinkonzert von Monsieur Benjamin mitgenommen? Wer hat dich zum Kurs angemeldet?«

»Du, Mama.«

Sie sah mich voll Liebe an.

»Ich bin froh, dass du den Traum verwirklichen willst, den mein Vater für mich gehegt hat. Ich werde alles tun, damit du die Geige bekommst. Aber man muss sich im Leben gedulden können. Du wirst den Unterricht bei Monsieur Benjamin unterbrechen müssen.«

»Warum, Mama?«, fragte ich mit einem unterdrückten Schluchzen.

»Weil eine Geige im Moment zu teuer für uns ist. Wir bräuchten mindestens 2000 Gourde. Wie viel hast du gespart?«

Angesichts der Ausmaße der Differenz konnte ich nicht sofort antworten.

»147 Gourde, Mama.«

Sie lächelte.

»Komm, dass ich dich in den Arm nehme, mein Großer. Komm.«

Ich mag ihre Liebkosungen. Ich mag den Geruch nach ihrem Körper, ihrem Schweiß, ihren Parfums.

»Es ist sehr gut, dass du es geschafft hast, so viel Geld zusammen-zusparen. Wenn ich in deinem Alter deine Willenskraft gehabt hätte, wäre ich heute reich.«

Ich machte mich los, um sie überrascht anzusehen.

»Stimmt das auch, was du sagst?«

»Ja, Adrien. Du hast Willensstärke. Aber du musst dich damit abfinden, dass du im zweiten Jahr nicht mit dem Geigenunter-richt weitermachen wirst. Vertrauen wir unserem Geschick. Willst du das?«

»Ja, das will ich«, sagte ich.

Sie drückte mich fest. Es war noch ein Monat bis zu Monsieur Benjamins Rückkehr. Es war an mir, meinem Geschick nachzu-helfen. Ich würde nicht brav abwarten.

Seit jenem Morgen zeigte sich Madame Nino nicht mehr feindselig gegen mich. Leutnant Édouard – immerhin Adjutant des
Präsidenten, wie ich von Nadine erfahren hatte – war offenbar
tatsächlich eine wichtige Person, wenn zwei Personen deswegen
ihre Haltung mir gegenüber vollständig geändert hatten. Jeden
Nachmittag, an dem ich zu Monsieur Nino kam, erwartete
mich dort ein leckeres Gericht, von der Hausherrin eigenhändig
zubereitet. Ich teilte es mit Annette, denn meine Mutter lässt
mir immer etwas zu Essen übrig, auch wenn es nicht so gut
ist. Madame Nino gab mir mehrmals Umschläge für Leutnant
Édouard, und ich führte die Aufträge eilfertig aus, da es zu Beginn
und am Ende eine Belohnung gab.

Nadine, die manches Mal gesehen hatte, wie der Leutnant
mich grüßte – einmal hatte er mich sogar in seinem schönen
Chevrolet bis vor das Schultor mitgenommen –, wurde zu einer
sehr engen Vertrauten. Sie erzählte mir oft von ihrem Vater,
Odard Alphonse, bei dem sie lebt: »Er arbeitet für die Regierung.
Ich weiß nicht genau, was er macht, aber er hat jede Menge Leute
unter seinem Kommando.« Eines Tages flüsterte sie mir sogar
ins Ohr: »Der Präsident besucht uns manchmal zu Hause.« Ich
war ehrlich überzeugt, dass sie log. Als ich sie nach ihrer Mutter
fragte, wurde ihr Gesichtsausdruck sofort verschlossen, und sie
flüchtete sich in fast feindseliges Schweigen. Schließlich sagte
sie ohne eine weitere Erklärung, ihre Mutter sei tot. Ich sollte
später erfahren, dass der Grund, warum sie allein bei ihrem
Vater lebt, komplexer ist. Ihre Mutter war mit einem anderen
Mann gegangen. Ihr Vater hatte das Paar in einem Hotelzimmer
überrascht und seine Frau samt ihrem Liebhaber kaltblütig
ermordet, obwohl Letzterer der Regierung nahestand und ein
Freund von Odard Alphonse aus Kindertagen war. Der Fall hatte
die Machthaber in Verlegenheit gebracht; sie hatten den Mörder
für einige Monate ins Exil geschickt und dann in allen Ehren
zurückgeholt. Nach diesen spärlichen Geständnissen schwieg sich

meine Freundin über ihren Vater vollständig aus. Einmal sagte sie zu mir: »Manchmal hasse ich ihn. Aber er ist mein Vater.« Ich fragte meinen eines Abends, ob er Odard Alphonse kannte. Er fuhr zusammen, riss die Augen weit auf und fragte mich, wo ich diesen Namen gehört hatte. Ich sagte ihm, das sei der Vater von einer Schulfreundin. »Ich bezweifle stark, dass ein Mann wie Odard Alphonse im Restaurant von Monsieur Nino verkehrt. Mein Sohn, diesen Namen darf man in diesem Land nur ganz leise aussprechen und nur, wenn man sicher ist, dass niemand mithört. Das ist der Chef der Geheimpolizei des Präsidenten. Weißt du, was der Chef der Geheimpolizei von einem Präsidenten wie unserem macht?« Sein Blick leuchtete zornig auf. »Er wirft diejenigen, die den Präsidenten kritisieren, diejenigen, die ihn nicht an der Macht wollen, weil er in Wahrheit einer der schlimmsten Präsidenten ist, die dieses Land je erlebt hat, ins Gefängnis, foltert und ermordet sie.« Er trank sein Glas in einem Zug aus. »Vor allem vergiss, was ich gerade gesagt habe. Dein Vater ist am Leben und in Sicherheit, hier für dich, weil er so tut, als würde er nichts sehen und hören. Ich stelle mich gleichgültig gegen das Leid dieses Volkes.« Er ließ ein seltsames Lachen hören. Mir kam ein Zweifel. Er verheimlichte mir etwas. »Aber eines Tages wirst du stolz auf mich sein, mein Junge. Schau mal nach, wo deine Mutter bleibt. Sie lässt mich allzu lange warten.«

Die Person aus meinen Wochen bei Nino, die ich niemals vergessen werde, ist Annette. Zu Beginn erschien sie mir schroff, distanziert. Vielleicht hielt sie mich für einen Spitzel, den Monsieur Nino als seine Augen und Ohren im Geschäft platziert hatte. Nach und nach fasste sie Vertrauen zu mir und ich zu ihr. Ich erzählte ihr Dinge, die ich meiner Mutter nicht erzählt hätte, etwa die Liebesbriefe, die mir gewisse Mädchen aus meiner Klasse schickten und auf die ich keine Antwort weiß, denn Mädchen sind immer aufgeweckter als gleichaltrige Jungen. Ich bin äußerst schüchtern und vollbringe meine Großtaten nur frühmorgens einsam im Bett in der Furcht, von meiner Mutter überrascht zu werden. Ich habe Annette mehrfach erzählt, welch glücklicher Moment Monsieur Benjamins Konzert für mich gewesen war, wie tief mich sein Violinspiel bewegt hatte. Annette wusste, dass all meine Anstrengungen, all meine Hoffnungen darauf gerichtet waren, eine Violine zu kaufen und den Unterricht fortzusetzen. Eines Abends, als keine Gäste im Restaurant waren und nur wenige Spieler ihr Glück beim Poker im Nebenzimmer versuchten, holte sie mich zu sich hinter die Theke und servierte mir ein Glas Cocktail nach Art des Hauses.

»Da. Trink ein bisschen von dieser Komposition, die von mir ist. Davon bekommst du einen klaren Kopf für eine vertrauliche Information, die ich dir schuldig bin.«

Ich trank die bernsteinfarbene Flüssigkeit in drei Schlucken aus. Sie brannte mir in der Kehle und wärmte mir den Magen. Ich erwartete ein leichtes Schwindelgefühl, aber ich fühlte mich seltsam behaglich, leicht, als wäre ich der Schwerkraft nicht mehr unterworfen.

»Ich habe dir schon gesagt, dass ich nicht weiß, was aus mir geworden wäre, wenn ich nicht Monsieur Nino getroffen hätte, der mir sofort angeboten hat, bei ihm zu arbeiten. Vielleicht die Geliebte von einem *tonton macoute*, der mich noch einmal geschwängert und dann im Stich gelassen hätte, oder, schlimmer noch, ein Freudenmädchen, eine von diesen Frauen, die auf den Strich gehen.«

Ich hatte die Frauen, von denen Annette sprach, an den Abenden gesehen, an denen ich mit meiner Mutter von einer Veranstaltung zurückkam, denn sie versäumt kein Kulturereignis, kein Konzert, keinen Vortrag, keinen Film. Man Vater nennt meine Mutter wegen ihres Interesses für alles Kulturelle eine außergewöhnliche Frau.

»Eines Morgens war ich verzweifelt. Meine Kinder hatten Hunger. Ich habe jedem ein Glas Zuckerwasser und ein Stück Brot gegeben, habe sie unter der Aufsicht einer Nachbarin gelassen und bin in die Kirche unserer Lieben Frau von der immerwährenden Hilfe gegangen, um zu unserer heiligen Mutter Maria zu beten. Ich habe sie auf Knien, mit gefalteten Händen und Tränen in den Augen gebeten, mir schon jetzt zu verzeihen, wenn ich gezwungen sein sollte, etwas zu tun, was sie verwirft, denn eine Mutter muss sich für ihre Kinder opfern. Da hat ein Mann sich neben mich gekniet und mir ohne ein Wort eine Karte gereicht. Er ist gegangen, ohne etwas zu sagen. Die Karte habe ich noch.«

»Was stand auf der Karte?«

Annette kramte aus ihrer Handtasche eine sehr abgegriffene Karte hervor. Ich las erstaunt: »Madame L'Ange. Hellseherin. Kartenleserin.«

»Gibt es solche Leute?«, fragte ich.

»Ich war so verblüfft wie du, aber ich habe mir gesagt, so wie es um mich steht, habe ich nichts zu verlieren. Am Nachmittag bin ich zu der angegebenen Adresse gegangen. Madame L'Ange hat mich empfangen. Sie hat mir sofort gesagt, dass sie für einen Auftrag, mit dem Gott sie betraut hat, keine Bezahlung akzeptiert. Ich muss sagen, dass bei ihr alles sehr gewöhnlich aussieht, außer einem kleinen Hocker in der Mitte ihres Wohnzimmers, auf dem eine Kristallkugel und ein Kartenspiel liegen.«

»Was ist geschehen?«

»Ich habe ihr gesagt, dass ich eine Arbeit brauchte. Dass ich zwei Kinder hatte, die verhungerten. Dass ich nur noch meinen Körper verkaufen könnte. Sie hat mich gegenüber der Kugel Platz nehmen lassen, die Hände darauf gelegt, war einige Sekunden wie in Trance und ist dann wieder zu sich gekommen. Ein Mann würde mir Arbeit geben, hat sie mir versichert. Sie hat mir gesagt, zu welcher Adresse ich gehen sollte. Ich schwör's dir, ich sage die Wahrheit. Ich bin hierher gekommen. Monsieur Nino saß wie üblich auf der Veranda und trank seinen Kaffee. Ich habe einfach gesagt: ›Monsieur, ich suche Arbeit.‹ Er hat mich angesehen und geantwortet: ›Sie kommen gerade recht. Ich brauche jemanden für die Bar des Restaurants.‹«

»Wie konnte diese Frau, diese Madame L'Ange, das wissen?«

»Ich weiß es nicht. Monsieur Nino kannte sie nicht, er hatte nie von ihr gehört. Ich habe dir ihre Karte gegeben. Ich weiß, dass du Geld für deine Geige brauchst. Geh zu ihr.«

Ich drehte die zerschlissene Karte in den Fingern, denn ich hatte meine Erfahrung mit Decayou nicht vergessen.

»Du hast nichts zu befürchten, Adrien«, insistierte Annette.

»Ich weiß, dass du mit dem Dichter eine zweifelhafte Sache erlebt hast, auch wenn du nicht darüber sprechen willst und Monsieur Nino auch nicht. Geh zu Madame L'Ange. Für das, was man liebt, für das, was man will, versucht man alles. Wer nicht wagt, der nicht gewinnt.«

Ich bekam diese Worte gelegentlich zu hören: Wer nicht wagt, der nicht gewinnt. Wenn man alles wagt, kann man auch alles verlieren: geliebte Menschen, die kostbarsten Dinge, die nun unwiederbringlich fort sind. Man muss dann jede Sekunde seines Lebens den Schmerz ihrer Abwesenheit auf den Schultern tragen, den Schmerz einer Trennung, die man allein zu verantworten hat.

Mein Vater kam eines Nachmittags mit besorgtem, fast verstörtem Ausdruck an. Ich spielte gerade mit einem Kameraden aus dem Viertel Murmeln. Da ich ahnte, dass etwas vor sich ging, sagte ich meinem Freund, dass wir die Partie für einen Moment einstellten, und ging meinem Vater nach. Er begab sich direkt zu meiner Mutter in die Küche. Für gewöhnlich setzt er sich, wenn er kommt, gern auf die Terrasse, als regenerierte ihn die Kühle des alten Mandelbaums und normalisierte seinen oft erhöhten Blutdruck. Ich sah, wie er sich meiner Mutter näherte und einen Moment innehielt, als wollte er Atem schöpfen: »Marthe! Er ist tot!« Meine Mutter fragte, wen er meinte. »Der Präsident! Er ist tot!« Meine Mutter legte ihm eine Hand auf den Mund: »Du bist verrückt, dass du so redest. Wenn das eine Falle ist? Er könnte so tun, als wäre er tot, um die einzusammeln, die sich freuen, die glauben, der Weg wäre frei und sie könnten jetzt Komplotte um seine Nachfolge schmieden. Halt den Mund, Charles. Sag nichts. Schlag dir sogar den Gedanken an sein Ableben aus dem Kopf.«

Ich weiß, seit ich begonnen habe, bei Monsieur Nino zu arbeiten, welchen Schrecken der Präsident allen einflößt. Man glaubt, er könnte jederzeit überall sein, und nimmt sich daher nicht nur vor dem anderen in Acht, sondern sogar vor seinen eigenen Gedanken. Mein Vater setzte sich an seinen üblichen Platz auf der Terrasse mit dem alten Mandelbaum als Gefährten. Meine Mutter brachte ihm einen Eisenkrauttee, ein Getränk, das empfohlen wird, wenn einen starke Emotionen bestürmen. Anscheinend kann es Blutgerinnsel lösen und regt den Kreislauf an. Mein Vater und meine Mutter saßen sich wortlos gegenüber, als hätten sie so, in ihrem Schweigen, die Fähigkeit, das geheimste Geflüster der Stadt zu hören. Vielleicht vermieden sie so auch die spionierenden Geister des Diktators, die sicher in der Luft schwebten, unsichtbar, auf der Sache nach jenen ewigen Opponenten, hinter denen das Regime unablässig her ist. Ich wiederum konnte mir noch nicht vorstellen, was der Tod des Präsidenten möglicherweise bedeutete. Ich ging wie üblich ins Restaurant von Monsieur Nino. Mir hätte auffallen müssen, dass auf den Straßen weniger Menschen und weniger Autos unterwegs waren. Selbst die Kramhändlerinnen hatten den Bürgersteig verlassen. Die wenigen Personen, denen ich begegnete, gingen schneller als gewöhnlich, vermieden es aber zu laufen, damit kein Agent der politischen Polizei sie nach dem Grund einer Angst fragte, die in jedem Fall als verdächtig gelten und damit Verhaftung, Verhör und Prügel erfordern würde. Die Türen des Restaurants waren verschlossen. Ich klopfte trotz allem. Ein Türflügel öffnete sich und eine kräftige Hand zog mich ins Innere. Es war Annette. »Bist du verrückt? Was machst du hier? Das Gerücht geht um, dass der Präsident gestorben ist und dass sein Tod in den nächsten Minuten offiziell verkündet wird.« Sie zitterte. Tränen liefen ihr über das Gesicht. Ich fragte sie, warum sie weinte. »Er ist unser Präsident, Adrien.«

Die Erwachsenen waren komisch. Wie kann man jemanden beweinen, der einen solchen Schrecken hervorruft? Und ist der Präsident auf Lebenszeit wirklich tot? Annette empfahl mir, so schnell wie möglich wieder nach Hause zu gehen. Monsieur Nino hatte sich entschieden, das Restaurant drei Tage lang zu schließen, um, wie er sagte, einfach die Situation einzuschätzen. Bevor ich ging, fragte Annette mich, ob ich Madame L'Ange konsultiert hätte. Ich antwortete ihr, ich hätte noch nicht die Zeit dazu gehabt. »Die Schule fällt sicher ein paar Tage aus. Du solltest genug Zeit haben, zu ihr zu gehen. Sie wird dir helfen, da bin ich sicher. Jetzt mach, dass du nach Hause kommst, bevor es dunkel wird.«

Als ich gerade gehen wollte, tauchte Madame Nino auf und bat mich, zu ihr in den Spielsalon zu kommen. Dort waren nur zwei Leute, zwei weißhaarige Alte, die sich mit einer Partie *bésigue** amüsierten. Das große Transistorradio auf einem Wandbord spielte klassische Musik, was um diese Tageszeit ungewöhnlich ist. Madame Nino reichte mir einen Umschlag: »Bring das morgen früh vor neun Uhr Édouard, Adrien.« Es gab immer zwei

---

* Kartenspiel.

Fünf-Gourde-Scheine als Belohnung. Ich faltete den Umschlag zusammen und steckte ihn in die Tasche, damit man ihn nicht sah. Im Restaurant wollte Annette erneut wissen, warum Madame Nino mit mir sprechen wollte. Ich hatte ihr nie gesagt, dass ich manchmal einem Leutnant Nachrichten von Monsieur Ninos Frau überbrachte. Annette hatte sich über die plötzliche Änderung von Madame Ninos Verhalten mir gegenüber gewundert. »Nimm dich in Acht vor dieser Frau, Adrien. Sie will nur Monsieur Ninos Geld, und sie betrügt ihn. Unser Chef ist Monsieur Nino. Ihm verdanken wir, dass wir hier sind.« Ich stimmte ihr zu, aber jeder Fünf-Gourde-Schein von Madame Nino vermehrte meine Ersparnisse. Wenn ich auch noch weit von der nötigen Summe entfernt war, hatte ich mir doch geschworen, geduldig zu sein und nie von meinem Ziel abzuweichen, das Geld für die Geige zusammenzutragen. Ich verließ das Restaurant mit einem Schuldgefühl: Und wenn Annette Recht hatte? Wenn Madame Nino sich in den Briefen, die ich überbrachte, mit Leutnant Édouard verabredete? Mir fiel auf, dass die Straßen um diese Zeit ungewöhnlich leer waren. Ich ging schneller. Im Vorübergehen hörte ich aus einem Haus, wie eine Stimme im Radio den Tod des Vaters der Revolution meldete. Eine alte Verrückte, die oft durch das Viertel ging und vor sich hin schimpfte, als hegte sie einen wilden Hass auf die Menschheit, packte mich an einer Hand. Mit größerer Kraft, als man ihr angesichts ihrer Magerkeit zugetraut hätte, drückte sie mich an sich und vollführte mit mir einen wirbelnden Freudentanz zu einem Lied, in dem sie den verstorbenen Präsidenten verspottete: *Prezidan w ale o... Pyan nan tout kò n... Pyan nan tout tèt nou... Kilè solèy lan ap chape anba zèl ou? Ann decoud lang nou... Pou nan m nou vole... Libète ou lanmò...** Ich konnte mich aus der Umarmung der Irren losmachen. Sie verfolgte mich einige Meter, konnte sich aber im Laufen nicht mit mir messen. Die Berührung

---

* Präsident, du bist gegangen ... Wir leiden an der Frambösie ... Wird die gefangene Sonne eines Tages entkommen? Befreien wir unsere Zungen, damit unsere Seelen auffliegen ... Freiheit oder Tod ... Der Hinweis auf die Frambösie ist eine Verhöhnung des verstorbenen Präsidenten, da der ehemalige Landarzt François Duvalier sich seiner Erfolge im Kampf gegen diese Krankheit rühmte.

mit ihr hatte auf meiner Haut und meinen Kleidern einen Geruch nach Fäulnis und Tod hinterlassen. Zu Hause zog ich alles aus, was ich am Leib trug, und verweilte länger als gewöhnlich unter der Dusche. Ich hörte einen Feuerstoß aus einer Maschinenpistole. Früh am nächsten Morgen erfuhr ich, dass zwei *tontons macoutes*, schockiert über die Haltung der Alten, sie einfach erschossen, die Straße entlanggeschleift und ihre Leiche in einen Abwasserkanal geworfen hatten. Ich hatte Angst, ein Denunziant könnte den beiden Milizionären mitteilen, dass ein kleiner Junge – ich – mit der Alten getanzt hatte, als sie auf ihre Weise den Tod des Präsidenten auf Lebenszeit gefeiert hatte.

Ich hatte in dieser Nacht einen seltsamen Traum. Ich stand auf einer Bühne und spielte Violine vor einem Publikum, das mir aufmerksam zuhörte. Am Fuß der Tribüne erblickte ich einen Sarg. Ich wusste nicht, wer darin lag, fürchtete aber, dass es mein Vater war, denn im Saal schluchzte meine Mutter. Plötzlich saß ich neben ihr und tröstete sie. Ein Zuhörer in der Reihe vor uns drehte sich mit beleidigtem Ausdruck zu mir um. Ich erkannte Monsieur Benjamins strenges Gesicht. Von der Bühne aus hatte ich ihn unter den Zuhörern nicht bemerkt. »Ich bin deinetwegen hier. Du fügst deiner Mutter Schaden zu.« Ich kehrte auf die Bühne zurück und spielte eine Komposition; das Publikum lauschte, aber ich hörte sie nicht. Als ich fertig war, standen alle auf, um mir zu applaudieren. Der Traum wurde zum Alptraum. Ich hielt in der ersten Reihe nach dem Offizier Ausschau, der mir den Blumenstrauß des Präsidenten der Republik überreichen sollte. Stattdessen erblickte ich den Präsidenten, wie er mit bluttriefenden Blumen in den Händen dem Sarg entstieg. Als er sich mir näherte, um mir den Strauß zu übergeben, hatte der sich in den abgeschlagenen Kopf der Alten verwandelt. Ich schrie auf und erwachte mit solchem Herzklopfen, dass mir die Brust schmerzte. Meine Mutter stürzte in mein Zimmer. »Ein Alptraum«, sagte ich. »Es war furchtbar. Ich habe mich auf einer Konzertbühne gesehen, und der Präsident hat mir einen Blumenstrauß geschenkt, der der Kopf einer verrückten alten Frau war.« Meine Mutter gab mir ein Glas Wasser. »Es ist die Zeit der Alpträume«, erklärte sie mir. »Der Präsident ist tot, und die Geister, die er gefesselt hatte, damit sie ihm dienen, werden lange umgehen, um sich für unsere Feigheiten zu rächen. Wir müssen wachen und beten, Adrien.« Wir begannen einen der Psalmen Davids, den Psalm 91, aufzusagen: »Wer im Schutz des Höchsten wohnt, der ruht im Schatten des Allmächtigen ...«

Von meinem Vater hatte ich erfahren, dass die *tontons macoutes* keine Erlaubnis, keinen Durchsuchungsbefehl benötigen, um in ein Haus einzudringen, es zu plündern und seine Bewohner zu verhaften oder zu ermorden. Nachdem ich mich drei Tage daheim verkrochen hatte, fühlte ich mich gelassener. Niemand hatte mich angezeigt, oder die Denunzianten hatten erklärt, ich sei nur ein einfacher, junger Passant, den die Verrückte zu diesem schändlichen Verhalten gezwungen hatte und dem es gelungen war, sich aus ihrem ekelhaften Griff zu befreien. Ich verließ also unter dem Vorwand eines Besuchs bei einem Schulfreund das Haus. Meine Mutter ermutigte mich, an die frische Luft zu gehen. Sie war beunruhigt über meine ungewohnte ständige Anwesenheit. »Du wirst vielleicht das Glück haben, noch ein anderes Land zu erleben. Also atme, träume. Lass diese widerwärtige Welle über uns hinweggehen. Vielleicht gehört dir die Zukunft.« Ich ging eine gute Stunde durch die Straßen, bis ich zum Haus von Madame L'Ange kam. Annette hatte mir versichert, dass die Hellseherin nicht umgezogen war. Vor einer Woche hatte sie ihr ein kleines Geschenk gebracht. Einen Sack Reis aus den Artibonite-Sümpfen, der Region, in der laut Annette der beste Reis der Karibik wächst. Ich drückte auf die Klingel über der Tafel mit der Hausnummer und brauchte nicht zu warten. Die Tür ging auf. Auf der Schwelle stand, freundlich lächelnd, eine füllige, hochgewachsene Dame in einem langen blauen Kleid, deren zahlreiche Halsketten unter ihrer üppigen Brust eine Art Wasserfall bildeten.

»Guten Tag, Adrien. Ich habe dich erwartet. Komm rein.«

Ich hatte Grund zur Überraschung. Hatte Annette von mir erzählt? Das wäre bedauerlich. Ich könnte so nicht herausfinden, ob Madame L'Ange eine echte Hellseherin war. Sie würde mir das erzählen, was sie bereits erfahren hatte.

»Ich verstehe, dass du zögerst. Annette hat mir in der Tat von dir erzählt. Aber was habe ich schon über dich zu sagen, was du nicht bereits weißt? Komm«, beharrte sie.

Ich folgte ihr in das kleine Wohnzimmer, das Annette mir beschrieben hatte. Die Kristallkugel lag tatsächlich auf ihrem Hocker im Mittelpunkt eines Pentagramms, das auf einen Teppich aus Ziegenfell gezeichnet war.

»Setz dich. Möchtest du etwas trinken?«

»Nein«, antwortete ich eilig.

Seit meinem misslichen Abenteuer mit dem Dichter hatte ich, so glaubte ich zumindest, meine Naivität zum großen Teil verloren. Madame L'Ange lächelte und setzte sich mir gegenüber.

»Es ist gut, dass du so vorsichtig bist. In meinem Fach gibt es viele Scharlatane. Aber was du in deinem Alter nur schwer verstehen kannst, Adrien, ist, dass Scharlatane erwünscht sind. Die Leute verlangen nach ihnen.«

»Warum sollten Scharlatane erwünscht sein?«

»Weil man immer hören will, was man gern hört. Sehen, was man gern sieht. Du willst nur eins. Das Geld für die Violine. Bist du dafür zu allem bereit?«

Ich antwortete mit Entschiedenheit.

»Natürlich nicht. Deswegen arbeite ich bei Monsieur Nino. Ich will mir das Geld durch meine Arbeit verdienen.«

»Aber du gibst deine Ersparnisse aus, indem du mit dem Zufall flirtest, Adrien. Sag mir, wie oft hast du gewonnen? Nur selten. Du setzt kleine Rücklagen und hältst schließlich nur wenig in Händen. Die Tage vergehen. Monsieur Benjamin wird bald zurückkehren, und du wirst den Unterricht nicht wiederaufnehmen.«

Warum nur hatte ich mich dorthin bemüht, wenn ich nur zu hören bekam, was auch meine Mutter sagte?

»Sie haben immerhin Annette geholfen, Madame L'Ange.«

Madame L'Ange seufzte.

»Bei Annette war's etwas anderes. Sie war verloren. Verzweifelt. Bereit, ihren Körper nachts auf den Bürgersteigen der Stadt anzubieten. Entschuldige, dass ich vor dir in deinem Alter solche Reden führe, aber jetzt, wo dieses Land im vollen Niedergang ist, wisst ihr jungen Leute zu früh Bescheid.«

»Bin ich also umsonst gekommen, Madame L'Ange?«

»Du hast sicher sehr schnell an Reife gewonnen, seit du angefangen hast zu arbeiten. Wer hat dir erlaubt, Monsieur Nino deine Dienste anzubieten?«

»Mein Vater. Meine Mutter wollte nicht. Sie hält das für erniedrigend.«

»Dein Vater hatte Recht. Durch Arbeit kommst du früh mit dem Leben in Berührung. Durch Arbeit verlierst du deine Unschuld.«

»Sie raten mir also wie meine Mutter, auf den Unterricht bei Monsieur Benjamin zu verzichten.«

»Leg deine beiden Hände auf die Kristallkugel«, befahl mir Madame L'Ange.

»Ich!«, wunderte ich mich.

»Tu, was ich dir sage. Du bist zu mir gekommen, du musst immerhin etwas davon haben.«

Ich legte beide Hände auf die Kristallkugel. Ich fühlte nichts. Ich sah nichts. Madame L'Ange stand auf und sagte mir, ich sollte einige Sekunden warten. Zu meiner großen Überraschung kehrte sie mit einer Violine zurück. Sie war in keinem guten Zustand, denn eine Saite fehlte. Das Holz war von Staub bedeckt und wies stellenweise Schrammen auf, als hätten Ratten versucht, sie zu zernagen. Nur der Bogen wirkte neu.

»Diese Geige hat meinem Großvater gehört«, erklärte mir Madame L'Ange. »Er hatte sie von seinem Paten geschenkt bekommen, als er etwa so alt war wie du. Beim ersten Ton, den er ihr entlockt hat, ist sein Vater tot umgefallen. Herzanfall. Man hat behauptet, die Geige sei der Grund dafür. Das Instrument wurde für verflucht erklärt und jahrelang in einem Schrank vergessen. Ich schenke sie dir nicht. Aber willst du einen Moment darauf spielen?«

Sie reichte mir das Instrument. Als ich mit dem Bogen über eine Saite streichen wollte, fiel sie mir in den Arm.

»Nein. Nicht hier. Wenn mein Herz aufhört zu schlagen, wie das von meinem Urgroßvater? Geh nach draußen auf die Straße. Ich will den Klang der Geige nicht hören. Danach kommst du wieder.«

Ich ließ mich nicht lange bitten. Trotz der fehlenden Saite, die natürlich ersetzt werden musste, war es doch eine Violine. Auf der Straße sah ich niemanden. Das war seltsam, denn bei meiner Ankunft vor dem Haus von Madame L'Ange war sie voller Menschen gewesen. Ich begann zu spielen. Eine kleine Sonate, die ich gelernt hatte. Dann geschah etwas Überraschendes: Während ich spielte, tauchten von überallher Ratten auf. Sie kamen aus der

Kanalisation, stiegen von den Dächern und den Bäumen herunter, schlüpften unter den Auslagen der Händler hervor. Ich setzte mich in Bewegung, und eine Armee von Ratten folgte mir wie fasziniert von den Klängen der Geige. Was war da los? Die Nager hefteten sich an meine Fersen, wahrten aber einen gewissen Abstand. Ihre Haltung wirkte nicht feindselig. Ich war jedoch sicher, sie würden sich auf mich stürzen und mich zernagen, wenn ich aufhörte zu spielen. Mit dieser Unzahl von Tieren, die mir folgte, würde nichts, nicht einmal Knochenpulver, von mir übrig bleiben. Ich durfte nicht innehalten. Nur das Meer konnte mich retten. Ich ging spielend Richtung Bucht. Das Rattenheer vermehrte sich sichtlich. Ich erreichte den Strand. Das Meer war ruhig, es war kaum eine Bewegung der Oberfläche zu sehen. Ich ging hinein und bemerkte, dass ich nicht einsank. Während ich übers Wasser ging, ertranken die Ratten darin. Das hielt die anderen nicht davon ab, ihnen zu folgen wie bei einem gemeinschaftlichen Selbstmord. Als ich begriff, dass das, was ich erlebte, nicht real war, kam ich in Madame L'Anges Wohnzimmer wieder zu mir. Meine Hände lagen noch auf der Kristallkugel. Sie brannten, und ich zog sie mit einem Schrei zurück. Madame L'Ange, die mir gegenübersaß, musterte mich interessiert.

»Was hast du gesehen?«, fragte sie.

»Ratten«, sagte ich. »Eine Menge Ratten.«

»Hast du sie in die Flucht geschlagen?«

»Sie sind mir gefolgt. Viele sind im Meer ertrunken.«

»Wie im Märchen vom Rattenfänger«, bemerkte Madame L'Ange. »Aber der Rattenfänger von Hameln spielte auf einer Flöte, nicht auf einer Geige.«

Sie holte tief Luft, verschränkte die Arme vor ihren riesigen Brüsten und verharrte einen langen Moment schweigend. Die Violine, die sie mir gegeben hatte, war, wie ich nun verstand, eine Vision, die der Kristall hervorgebracht hatte. Ich wusste nicht, was ich tun sollte. Warten, bis Madame L'Ange aus ihrer Meditation erwachte? Sie schlug die Augen wieder auf und nahm die Arme von ihrer Brust. Aus einer Schublade des Hockers zog sie einen Kugelschreiber und eine Visitenkarte, auf die sie etwas schrieb. Sie reichte mir die Karte.

»Wenn das dein Schicksal ist, findest du dort, was du suchst.«
Ich nahm die Karte. Darauf stand nur »Rue des Tentations«.
Ich hatte schon vage von dieser »Straße der Versuchungen« gehört,
die nicht weit vom großen Friedhof liegt.

»Danke. Kann ich jetzt gehen?«

»Geh, mein Junge. Aber denk daran. Der Wille kann, ebenso
wie das ungezügelte Begehren, mörderisch sein.«

Monsieur Nino kam zu mir nach Hause. Er parkte sein Auto vor unserer Terrasse, um mich zu informieren, dass er am nächsten Tag anlässlich der Beerdigung des Präsidenten öffnen werde. Der Leichenzug werde sehr früh am Restaurant vorbeikommen. Monsieur Nino hatte vor, die traditionellen Kräutertees, die in Haiti bei dieser Gelegenheit getrunken werden, gratis anzubieten. Er empfahl mir in Gegenwart meiner Mutter, mich den Umständen entsprechend korrekt anzuziehen. Ich fürchtete schon, meine Mutter würde mich mit dem Anzug und der Fliege ausstaffieren, die ich so verabscheue, aber sie erlaubte mir, in einer schwarzen, gut gestärkten Hose mit perfekten Bügelfalten und einem weißen, langärmligen Hemd zu Monsieur Nino zu gehen.

Schon am frühen Morgen drängten sich die Menschen entlang dem Weg des Trauerzugs, und die *tontons macoutes* verhielten sich pedantischer als sonst. Sie fürchteten, Opponenten könnten den Moment für spektakuläre Aktionen nutzen, aber der Tod des Präsidenten hatte die Bevölkerung getroffen wie ein Keulenschlag. Niemandem war je in den Sinn gekommen, das Staatsoberhaupt könnte sterben. Man hielt es fast schon für unsterblich auf Beschluss der Götter und der Ahnen, Herren über Eisen und Feuer, denen es gelungen war, die Franzosen aus dem Land zu vertreiben. Manche fürchteten, der Trauerfall sei eine meisterhafte List des Präsidenten, um die Spreu vom Weizen zu trennen. Im letzten Moment werde er höchst lebendig auftauchen. All jene, die sich auch nur insgeheim über seinen Tod gefreut hatten, würden seinen Zorn zu spüren bekommen, wie ihn keiner seiner Feinde je zu spüren bekommen hatte. Alle Gesichter mussten den größtmöglichen Schmerz ausdrücken. Tränen waren obligatorisch. Man wollte sehen, wie der Sarg vorbeigetragen wurde, sich vergewissern, dass er in die Erde gesenkt wurde. Monsieur Ninos Voraussagen erwiesen sich jedoch als falsch. Nur Wenige kamen auf einen Zitronengrastee, ein Glas heiße Schokolade oder ein gutes Gebräu nach Art des Hauses mit Zuckerrohrschnaps. Als die Prozession vor dem Restaurant vorbeizog, ertönten von überallher Schreie. Frauen und Männer wanden sich in Krämpfen. Sogar das Wetter hatte sich, wie aus Trauer über den Tod des Präsidenten, eingetrübt. Wir sahen, wie etwa zwanzig Männer, alle schwarz gekleidet, ins Restaurant kamen. Genauer gesagt, sahen wir sie nicht kommen. Sie saßen auf einmal, aufgetaucht aus dem Nichts, an den Tischen, wo sie in Vierergruppen begannen, Domino zu spielen und die Steine unter lautem Fluchen auf den Tisch zu knallen. Einer der Männer rief mit Stentorstimme: »Sei willkommen, Freund François.« Der ihm am nächsten Sitzende antwortete vibrierend, als leistete er einen Eid: »Wir werden dich vor den verkommenen Opponenten schützen, die dir nie einen Moment Ruhe gegönnt haben. Sie halten dich jetzt für verwundbar. Sie wetzen ihre Messer, um sich zu rächen.«

»Diejenigen, die auf dein Geheiß erschossen wurden«, schrie einer der Männer in Schwarz.

»Diejenigen, die auf dein Geheiß vergiftet wurden«, donnerte ein anderer.

»Diejenigen, die du ins Exil geschickt hast«, fügte eine der geheimnisvollen Gestalten hinzu.

»Diejenigen, die auf dein Geheiß gefoltert wurden«, plärrte einer.

»Diejenigen, die auf dein Geheiß im Gefängnis vermodert sind«, schloss ein anderer.

Sie fuhren nacheinander fort:

»Diejenigen, denen auf dein Geheiß die Kehle aufgeschlitzt wurde.«

»Diejenigen, die auf dein Geheiß ausgeweidet wurden.«

»Diejenigen, die deinetwegen verrückt geworden sind.«

»Diejenigen, die deinetwegen pervers geworden sind.«

»Diejenigen, die auf dein Geheiß das Blut der Gerechten getrunken haben.«

Sie erhoben sich und riefen im Chor wie aus einem Mund:

»Wir schwören, deinen Körper, deine Seele und deinen Geist zu schützen, Freund François.«

Dann setzten sie sich wieder und verlangten jeder ein großes Glas Rum, Zitrone und Salz. Viel Salz, betonten sie. Zum ersten Mal bestellte jemand Rum mit Salz. Glücklicherweise hatten wir genug Salz in der Küche. Annette flüsterte Monsieur Nino, der den Trauerzug angesehen hatte und gerade wieder hereinkam, so laut zu, dass ich es hören konnte: »Monsieur Nino, diese Gäste sind komisch. Sie sind 22. Die Zahl des Präsidenten.« Die 22 war die Lieblingszahl des Präsidenten. Er hatte sein Amt an einem 22. angetreten, und alle bedeutenden Ereignisse unter seiner Herrschaft hatten am 22. des Monats stattgefunden. Monsieur Nino gab Annette zu bedenken, dass alle müde seien, unter Schock stünden und es sich um einen bloßen Zufall handele. Die Männer trugen alle dunkle Brillen und waren mager wie Skelette. In ihren Gesten lag etwas nicht Menschliches. Als ich Gläser an den Tisch brachte, glitt ich aus und stürzte, konnte aber vermeiden, dass etwas zu Bruch ging. Was ich unter dem Tisch erblickte, jagte mir einen kalten Schauer über den Rücken. Mit zitternden Händen bediente ich die neuen Gäste, dann steuerte ich auf Monsieur Ninos Büro zu und versuchte, nicht zu schnell zu gehen. Ich öffnete die Tür, schloss sie hinter mir und sah Monsieur Nino an, während ich mir in die Hosen machte.

»Monsieur Nino! Monsieur Nino!«

»Was hast du, Adrien?«, fragte er, verblüfft über meine nasse Hose.

»Die Leute in Ihrem Restaurant. Sie haben alle Schweinefüße. Ich hab's unter dem Tisch gesehen.«

Monsieur Nino sprang auf und wollte aus dem Büro laufen, aber als er die Tür öffnete, schleuderte ein heftiger Sturm uns gegen die Wand. Um uns herum drehte sich alles. Wir fanden uns an der Decke wieder und fielen dann plötzlich zu Boden. Ich hatte nichts gebrochen, aber bei Monsieur Nino stand ein Arm in einem seltsamen Winkel zum Körper. Annette schrie, und Monsieur Nino humpelte herbei, um ein erschreckendes Schauspiel zu betrachten: Das Restaurant war verwüstet, als wäre ein Orkan hindurchgefegt, Türen und Fenster waren aus den Wänden gerissen, die Regale zerbrochen, alle Flaschen in Scherben. Wir stürzten nach draußen, wo der Trauerzug vorbeigekommen war; dort herrschte Panik. Die Bäume waren entblättert, einige von einem Wind unbekannten Ursprungs in der Mitte durchgebrochen. Auf den Bürgersteigen lagen die abgerissenen Stromleitungen. Die Straße war leer, denn die lebenden Christenmenschen waren im Nu geflohen und hatten Handtaschen, Bibeln, Schuhe, Hüte, Hocker, Kleidung usw. zurückgelassen. Als Annette wieder sprechen konnte, erzählte sie uns eine reichlich seltsame Geschichte. Die Männer in Schwarz hatten ruhig ihren Rum mit Zitrone und Salz getrunken, als der Dichter Decayou auf Rosinante, seinem Pferd, in den Saal geplatzt war. Beim Anblick der 22 Männer schwang er eine Lanze, die er irgendwo aufgetrieben hatte, und rief mit furchterregender Stimme: »Ein Ritter fürchtet die Riesen aus dem Reich der Finsternis nicht. Wer Angst hat, der gehe mir aus dem Weg und bete, während ich die ungleiche und schreckliche Schlacht schlage, in der Haiti siegen wird.« Dann sagte Decayou einen Satz auf Latein – Annette war sich sicher, denn sie hatte angeblich in ihrer Stadt mehrere lateinische Messen eines der wenigen im Land verbliebenen bretonischen Priester gehört. Die 22 Männer verwandelten sich daraufhin in einen Tornado, der Decayou einzusaugen suchte, aber der Dichter wehrte sich tapfer: »Ritter! Dieser Kampf ist deine letzte Chance! Auf Leben und Tod!«, donnerte er. Der Tornado verstärkte sich und vernichtete schließlich Decayou und sein Pferd. Als sie hinauslief, war innen alles zerstört.

Monsieur Nino, der sich bei seinem Sturz in der Windbö einen Arm gebrochen hatte, schloss das Restaurant sowie den Spielsalon. Aus irgendeinem Grund fiel niemandem auf, dass der Sturm, der das Leichenbegängnis des Präsidenten bis zu seiner letzten Ruhestätte begleitet hatte, in Monsieur Ninos Restaurant aufgekommen war. Warum war Decayou, er ruhe in Frieden, an diesem Morgen einige Minuten nach den 22 Männern in Schwarz in Monsieur Ninos Restaurant aufgetaucht, das er ansonsten nicht mehr besuchte? Niemand erhielt auf diese Frage je eine Antwort. Monsieur Nino behielt Annette in seinem Dienst, und ich verkehrte weiter bei ihm. Er legte Wert darauf, dass ich einige Botengänge für ihn erledigte, während seine Frau mich weiter Nachrichten für Leutnant Édouard überbringen ließ, der, wie ich später von meiner Freundin Nadine erfuhr, zum Oberst befördert worden war.

Monsieur Benjamin sollte in vier oder fünf Tagen zurückkehren. Ich wusste nicht mehr, was ich tun sollte. Meine Mutter vermied jede Anspielung auf meinen Geigenunterricht. Ich konnte sie verstehen. Sie war in Geldverlegenheiten. Manchmal aßen wir den ganzen Tag nichts. Mein Vater, so sagte sie, hat nur ein festes Einkommen, sein Gehalt als Lehrer an zwei staatlichen Gymnasien. Angesichts ihrer angeblichen Schwierigkeiten zahlt die Regierung die Gehälter nur alle drei Monate. Mein Vater unterrichtet auch an einigen Privatschulen, aber durch das vorzeitige Ende des Schuljahres aufgrund der politischen Umwälzungen steckte er nun mitten in seiner Durststrecke. Die wenigen Ersparnisse meiner Mutter schmolzen sichtlich dahin. Sie mühte sich an ihrer Nähmaschine nicht mit umfangreichen Bestellungen, sondern wenig einträglichen Flickarbeiten ab. Meine kleinen monatlichen Einkünfte blieben aus. Von Monsieur und Madame Nino bekam ich nur gelegentlich Aufträge, und während Madame Nino bar auf die Hand zahlte, damit ich, wie Annette behauptete, ihrem Mann nichts sagte, vergaß Monsieur Nino manchmal die paar Gourde. Ich stellte keine Forderungen an ihn, protestierte nicht. Ich war für ihn zu allem bereit und fühlte mich schuldig, dass ich seiner Frau bei möglicherweise hässlichen Machenschaften hinter seinem Rücken half. Falls ich mich weigerte, ihre Nachrichten zu überbringen, hätte Madame Nino aber ihren Mann überzeugen können, mich zu entlassen. Monsieur Nino ist sehr nett. Alle mögen ihn. Annette sagt oft, dass eine Frau immer erreicht, was sie will. Hätte Monsieur Nino zwischen seiner Frau und mir wählen müssen, wäre von vornherein klar gewesen, wie er sich entschieden hätte, um Probleme aller Art zu vermeiden.

Monsieur Nino hatte abgenommen. Er hatte die Episode mit dem Wirbelsturm und den Armbruch nur schlecht verkraftet. Laut Annette hatte er ein Darlehen aufgenommen, um sein Restaurant und seinen Spielsalon wieder eröffnen zu können. Der seltsame Tornado, der sie zerstört hatte, war tagelang das

Hauptgesprächsthema der ganzen Stadt. Jeder hatte dafür seine Erklärung parat, vom gewöhnlichen Bürger über den Meteorologen, der seine wissenschaftlichen Kenntnisse zur Schau trug, bis zum höchsten Würdenträger der Freimaurer und dem *oungan**, den man konsultierte, nachdem man vom Pfarrer die heilige Hostie empfangen hatte. Für die einen hatten die Seelen all derer, die der Präsident ermordet hatte, ein Fest veranstaltet, während sie ihn zu seiner letzten Ruhestätte begleiteten. Für andere waren die Schutzteufel des Diktators als letzte Huldigung dem Leichenzug gefolgt. Der Meteorologe zog Spott auf sich, denn wie groß war die Wahrscheinlichkeit, dass ein Tornado just in diesem Moment des Leichenbegängnisses entstand und dem Weg des Trauerzugs präzise bis zum Friedhof folgte? Ich zweifelte an dem, was ich gesehen hatte, und fragte mich, ob Annette mir nicht einen zu starken Cocktail nach Art des Hauses zu trinken gegeben hatte. Ich konnte mich nicht erinnern. Jedenfalls war etwas passiert, und die Bücher, die Annette hinter ihrer Theke führte, belegten, dass 22 Männer an jenem schicksalhaften Vormittag Rum, Zitrone und Salz bestellt hatten. Was Decayou betraf, so bezeugten ziemlich viele Personen, dass sie ihn zu ihrer Überraschung auf seinem Pferd Rosinante ins Restaurant hatten kommen sehen, und bestätigten damit die verblüffenden Aussagen Annettes.

Ich hatte weder meiner Mutter noch meinem Vater etwas davon erzählt. Letzterer machte sich rar, was meine Mutter beunruhigte, zumal er wenig schmeichelhafte Reden über den Sohn des Diktators führte, der auf Beschluss der Amerikaner gerade die Macht übernommen hatte. Ich hatte meinen Vater wettern hören: »Es ist eine Schande. Sie wollen Machthaber in ihren Diensten. Marionetten. Mittelmäßige Leute, damit sie behaupten können, dass die Schwarzen nicht in der Lage sind, sich selbst zu regieren. Das sind Rassisten. Sie hassen uns. Leider sind bei uns zu viele Männer und Frauen bereit, ihre Seele für ein Linsengericht zu verkaufen.« Außerdem hatte ich mitgehört, wie meine Mutter Jesus bat, meinen Vater zu schützen und ihm vor allem seine

---

* Voodoopriester.

Ideen über die Politik des Landes auszutreiben, für die er verhaftet und ermordet werden könnte.

Ich ließ mir Zeit, bevor ich Madame L'Anges Ratschlag befolgte, mich in die Rue des Tentations zu begeben. Angesichts von Monsieur Benjamins baldiger Rückkehr wurde ich nervös. Ich hatte den Appetit verloren. Meine Mutter nahm die Kosten für ein Stärkungsmittel auf sich, das einem angeblich den Appetit wiedergeben konnte. Es blieb wirkungslos. Eines Abends wurde meine Mutter wütend. Wenn es der Kauf der Geige war, der mich umtrieb, dann bräuchte ich mich nur dahinsterben zu lassen, denn der Unterricht bei Monsieur Benjamin sei beendet. Sie habe einen Fehler gemacht, als sie mich dazu angemeldet habe. Sie hätte wissen müssen, dass arme Familien ihre Kinder keine Aktivitäten machen ließen, die über ihre Mittel gingen. Ihre Worte taten mir weh, und ich weinte die ganze Nacht in meinem Bett. Ich war sehr böse auf meinen Vater, denn ich fand, dass er meiner Mutter nicht ausreichend zu Hilfe kam. Wenn er so arm ist, warum hat er dann andere Beziehungen? Ich habe ihn einmal dabei überrascht, wie er mit einer Frau aus einem Kino kam. Meine Mutter ist schöner und jünger als sie, aber ich spürte, dass mein Vater glücklich am Arm dieser Person war. Es war für mich ein schlimmer Moment gewesen. Ich hatte mich schnell entfernt, aber er hatte mich doch bemerkt. In den folgenden Wochen war er in der ganzen Zeit der Besuche bei meiner Mutter netter als gewöhnlich zu mir gewesen, hatte mich nicht wegen meiner Noten bedrängt und mir jedes Mal, wenn er ging, ein paar Gourde dagelassen. Ich verstand, dass er auf diese Weise mein Schweigen erkaufen wollte, was nicht notwendig war, denn ich hätte meiner Mutter niemals durch eine müßige Denunziation zusätzlichen Kummer bereitet.

Auf dem Weg zu der von Madame L'Ange empfohlenen Straße machte ich einen Abstecher zum Pfarrhaus. Ich hatte Lust, mich mit André, dem alten Wächter, zu unterhalten. Er erkundigte sich im Anschluss an jede Stunde nach meinen Fortschritten und hatte mir einmal gestanden, was er am meisten bedauere, sei, dass er zu seiner Zeit in der Sekundarschule seinen Gitarrenunterricht nicht hatte fortsetzen können. Sein Trost sei, dass er nun Jesus in seinem Leben habe, keine Belanglosigkeit in einem Land, in

dem alles mit jedem Tag schwieriger und gefährlicher werde. Er freute sich, mich zu sehen, und fragte, ob meine Familie die Violine hatte kaufen können. Ich gab zu, dass das nicht der Fall war. Er schüttelte traurig den Kopf. »So ist es immer nach dem ersten Kurs. Die Besten sind die Armen. Sie müssen aufgeben, weil sie nicht die Mittel zum Weitermachen haben. Das ist auch mir passiert. Mein Vater hat den, der mir das Gitarrespielen beigebracht hat, mit einigen Gläsern *kleren** , Zigaretten und ein paar Gourde bezahlt. Als er gestorben ist, konnte ich die Forderungen meines Lehrers nicht erfüllen. Trotz meinem Flehen, meinen Versprechungen, ihn zu bezahlen, sobald es mir möglich ist, ist er gegangen und hat mir gesagt, ich sollte mir jemand anderen suchen. Das war hart für mich, Adrien. Ich erzähle dir das alles, weil ich dich verstehe. Gib deinen Traum nicht auf. So oder so steht am Ende des Weges immer Jesus als großer Tröster.«
Bevor ich mich von ihm verabschiedete, teilte er mir mit, dass Monsieur Benjamin in einer Woche zurückkehren würde. Ich hatte einige zusätzliche Tage, um irgendeinen letzten Versuch zu unternehmen. Das war eine gute Nachricht. Es war nun an mir, diese unvorhergesehene Frist zu nutzen.

Mit klopfendem Herzen kam ich am Eingang der besagten Straße an, der durch ein großes Schild gekennzeichnet war, eine Seltenheit in dieser Stadt, in der sonst nichts ausgeschildert wird. Ein Mann hinderte mich am Weitergehen, ein Bettler mit lauter Muskeln unter seinen Lumpen. Er hielt mir seine Schale hin; sein kalter Blick ließ mir das Blut gefrieren.

»Fünf Gourde! Das ist der Eintrittspreis.«

Ich protestierte

»Der Eintritt in eine Straße kostet nie etwas.«

Ein Mann ging an mir vorbei. Ein Einbeiniger, der sich geschickt mit seinem Holzbein fortbewegte, in einem schwarzen Gehrock. Er nahm seinen ebenfalls schwarzen Hut ab und ließ dann ein Fünf-Gourde-Stück in die Schale des Bettlers fallen.

»So ist das in der Rue des Tentations, Kleiner«, sagte er zu mir. »Wenn du das Geld nicht hast, komm ein andermal wieder.«

---

*   Klarer Zuckerrohrschnaps, billiger als Rum.

Der Bettler trat beiseite, um den Einbeinigen durchzulassen. Er war ein wahrer Koloss. Ich hatte noch nie einen solchen Bettler gesehen. Normalerweise waren sie mager, in schlechter Verfassung, den Körper bedeckt mit Krusten und Pusteln. Ich zog ein Geldstück aus der Tasche.

»Danke«, sagte der Bettler. »Möge die Versuchung dir leicht sein!«

Er ließ mich durch. Die Straße, die ich hinter ihm gesehen hatte, war nicht mehr dieselbe. Statt der tristen Avenue mit gespensterhaften Passanten und heruntergekommenen Gebäuden lag dort eine belebte Straße mit gut gekleideten Menschen und Häusern in kräftigen Farben, die auf den Wohlstand ihrer Besitzer hindeuteten. Ein Jongleur kam in seinem bunten Anzug vorbei und ließ mit irrwitzigem Geschick weiße, schwarze und graue Kaninchen durch die Luft wirbeln, die durchaus lebendig wirkten. Akrobaten vollführten unter dem Beifall begeisterter Zuschauer atemberaubende Kunststücke an Trapezen. Ein Zauberer ließ auf einer Bühne Strahlen von Münzen aus seinem Mund hervorschießen, die Kinder in Begleitung ihrer Eltern eifrig aufsammelten, worauf sie in ihren Händen zu Blumensträußen wurden. Einem Spielmannszug folgte eine tanzende und singende Menge. Alle Musiker waren lebensgroße Automaten in funkelnden Uniformen. Der Kapellmeister war der Schönste und Unterhaltsamste. Er ließ seinen Taktstock kreiseln, vollführte überraschende Tanzschritte und spielte gelegentlich auf seinem Saxophon, um dem Orchester mehr Rhythmus und Fröhlichkeit einzugeben. Fasziniert folgte ich ihnen einen Moment. Entlang einem Bürgersteig erblickte ich eine Reihe von Spielautomaten mit unglaublichen Lichteffekten. Sehr schöne, leichtgekleidete Frauen drängten die Vorübergehenden, ihr Glück zu versuchen. Viele ließen sich von den marktschreierischen Sprüchen der charmanten jungen Damen verführen. Ich hörte ein schrilles Klingeln. Einer der Spielautomaten leuchtete heller, als würde er gleich Feuer fangen, und über Lautsprecher wurde verkündet, dass der Spieler 100 000 Gourde gewonnen hatte. 100 000 Gourde! Das ist zu viel für nur eine Geige. Ein Paar beglückwünschte und küsste sich. Sie waren die Gewinner. Ich sah, wie der Mann seine

Gefährtin hochhob, sie auf eine Bank legte, ihren Rock anhob und vor aller Augen mit einem Hüftstoß in sie eindrang. Die Zuschauer quittierten jeden Lustschrei des Paares mit Hurrarufen. Ich fragte eine der Anreißerinnen, mit welchem Betrag ich an den Automaten spielen konnte. Sie antwortete, man müsse am Schalter Jetons kaufen, die ab zehn Gourde erhältlich seien. Auf dem Weg zu der genannten Stelle wehte mich ein Parfum mit Vetiverduft an. Jemand legte mir die Hände auf die Augen. Ein warmer, lüsterner Körper drückte sich an meinen Rücken.

»Adrien«, flüsterte die Person. »Ich hatte schon die Hoffnung aufgegeben, dich einmal zu sehen.«

Eine vulkanische Zunge in meinem Ohr. Mein Glied wurde so hart, dass das Leinen meiner Hose fast zerriss. Ich konnte mich umdrehen. Sista! Wir küssten uns voll Inbrunst. Mit Mühe lösten wir uns aus der Wonne unserer Küsse und suchten nach einem ruhigen Winkel, in dem wir unseren gemeinsamen Durst stillen könnten. Sie war es, die die schattige Ecke auf einer Bank unter einem Mandelbaum erblickte. Sie legte sich darauf und ich schickte mich an, mich auf sie legen, unbekümmert um die Menge, die einige Schritte entfernt vorbeizog. Durch die Anwesenheit dieser Frau war ich wie abgeschnitten von der Welt, in die ich in der Rue des Tentations eingetreten war. Ich hatte jedoch nicht die Zeit, meinem glühenden Begehren nachzugeben, denn eine Stimme rief:

»Adrien! Was machst du da?«

Ich glaubte in meinem Wahn, es sei meine Mutter. Aber als ich mich umschaute, erblickte ich Nadine, die ihren Mund mit einer Hand bedeckte, als wäre sie entsetzt über das Schauspiel, das ich bot. Sie entfloh weinend. Sista schob mich von sich.

»Die Entscheidung liegt bei dir, Adrien. Ohne deiner Mutter zu nahe zu treten: Die Verführerin, die dich auf den Weg der Verdammnis bringen wird, ist nicht die, die dafür gehalten wird.«

Ich verstand nicht, was Sista meinte, aber ich hatte die Verfolgung Nadines aufgenommen. In den wenigen Minuten, die der wilde Lauf dauerte, durchquerte ich wie in einem Traum mit ständig und ohne Logik wechselndem Dekor eine von leuchtenden Stalaktiten erhellte Grotte, einen Wald von Lianen, die mich vergeblich einzufangen suchten, die Tiefen eines Ozeans, in dem eine Meute Haie Jagd auf mich machte, und eine trockene Ebene, wo eine Art General auf einem schwarzen Pferd einem Heer von Ratten auf der Geige vorspielte, bevor er sie in einen Kampf schickte, dessen Grund ich nicht kannte. Schließlich holte ich Nadine am Ufer eines Flusses ein. Sie war tränenüberströmt und außer Atem.

»Lass mich!«, schrie sie. »Komm nicht in meine Nähe! Du verrätst mich ja schon!«

»Nadine! Ich verstehe nichts von dem, was ich erlebe, seit ich in dieser Straße bin. Wie soll ich dir das alles erklären?«

»Du betrügst mich mit diesem Straßenmädchen!«, brüllte sie.

»Da gibt es nichts zu erklären. Ich hätte das nie von dir gedacht.«

Dennoch ließ sie zu, dass ich sie in die Arme schloss. Sie zitterte.

»Ich will dich. Diese Straße spielt mit uns.«

Sie sah mir direkt in die Augen.

»Bist du sicher, dass du mich willst?«

Ich überlegte nicht. Mein Herz schlug für sie. Von ihr träumte ich jeden Morgen in meinem Bett, dem Zeugen meiner einsamen Liebesspiele.

»Ich bin dein, Nadine. Es wird nicht wieder vorkommen. Ich verspreche es dir.«

Sie presste ihre Lippen auf meine, während ihre Hände mein Gesicht umfassten und an ihres drückten. Ihre Zunge suchte ihren Weg. Ich verspürte eine plötzliche Erregung. Es war unser erster Kuss. Ein paar Sekunden lang trieb ich in bisher nie gekannter Lust dahin. Dieser Augenblick der Glückseligkeit wurde von Applaus unterbrochen. Leute betrachteten uns neidisch. Wir standen nicht mehr am Ufer des Flusses, der sich nicht so nah an der Rue des Tentations hätte befinden dürfen.

»Das ist Liebe«, schmachtete eine Frau.

»Man muss es ausnutzen, solange man jung ist«, empfahl ein Mann.

»Für so einen Kuss dürfte mich der Tod von hinten nehmen«, seufzte ein junger Mann.

Ich war eingeschüchtert. Nadine brach in Gelächter aus. Sie nahm meine Hand und zog mich mit. Nach einem langen Lauf gelangten wir an einen Teich, wo sich um ein Zelt, so hoch, dass es schier die Wolken berührte, eine fröhliche Menge drängte. Ein Volksfest! Ich befand mich anscheinend wieder in einem Traum. In keiner Straße der Stadt, die ich kenne, gibt es so etwas.

»Jedenfalls ist diese Frau rechtzeitig gekommen, Adrien. Deswegen verzeihe ich dir. Du warst drauf und dran, die paar Gourde zu verlieren, die du noch hattest.«

»Wenn ich meine Geige will, dann muss ich alles versuchen, Nadine.«

Sie sah mich mit gespieltem Ärger an.

»Du hast nur deine Geige im Kopf. Es gibt vielleicht noch Wichtigeres im Leben.«

Ein bunt gekleideter Mann auf Stelzen brüllte in ein Megaphon: »Meine Damen und Herren, das Fest hat bereits begonnen. Treten Sie ein, damit Sie allen Versuchungen nachgeben können.«

»Komm, wir schauen uns das an«, sagte Nadine und umklammerte meine Hand.

Sie wartete nicht einmal meine Zustimmung ab, sondern zog mich sofort zum Eingang, wo großer Andrang herrschte. Im Inneren des Zelts war es so hell, dass sich meine Augen nur schwer daran gewöhnen konnten, zumal zahlreiche Scheinwerfer das Publikum mit verschiedenfarbigen Lichtstrahlen beschossen. An zu reich gedeckten Tischen saßen Menschen, die nicht aßen, sondern sich so gierig vollschlugen, dass sie die Hände zu Hilfe nehmen mussten. Einige tauchten mit dem Gesicht in das gut gebratene Fleisch eines Schweins oder Hammels. Auf Luftmatratzen, die Wellen schlugen, als ahmten sie die Dünung des Meeres nach, verkehrten zahlreiche nackte Paare miteinander, dirigiert von einem seltsamen Kapellmeister mit einem penisförmigen Taktstock. Männer und Frauen zogen mit riesigen Humpen an einer Theke vorbei, wo aus einer Reihe von Fässern Bier hervorsprudelte, dessen Schaum über die Gläser quoll und sich als Maske über die Gesichter der Zecher legte. Ein riesiger schwarzer Bock in Anzug und Krawatte masturbierte an einem Trapez, dann erhob er sich in die Lüfte, landete auf einem Vorsprung und begann eine Wachspuppe zu bespringen, die in dem

Moment, als der Bock zum schäumenden Orgasmus kam, in einer Feuerwerksexplosion zersprang.

»Hier können wir nicht bleiben«, prustete Nadine.

»Du wolltest hier rein«, erinnerte ich sie.

Wir verließen das Zelt; unsere Trommelfelle schmerzten von der lauten Musik und dem Feuerwerksgeknatter.

»Ich bin deinetwegen hier«, sagte Nadine und drückte sich an mich. »Um dir zu sagen, dass ich dich liebe und dir gehören will. Um dir zu sagen, dass ich, auch wenn ich meinen Vater lieb habe, kein schlechtes Mädchen bin. Sag mir, dass du mich liebst. Ich beschwöre dich.«

Sie hatte Tränen in den Augen. Alles, was hier geschah, war überraschend und gehorchte keiner Logik. Warum hatte Madame L'Ange Wert darauf gelegt, dass ich die Rue des Tentations besuchte? Wie hing sie mit der Geige zusammen?

»Ich liebe dich, Nadine. Aber hier suche ich eine Antwort, die ich immer noch nicht finde.«

»Ich bin bei dir«, sagte sie, »was willst du noch mehr?«

Ich unterdrückte ein Schluchzen. Monsieur Benjamin würde bald zurückkehren. Ich würde nicht mehr Geige spielen. Ich würde nicht mehr eine Violine gegen die Brust drücken, nicht mehr den Duft ihres Holzes und ihres Lacks einziehen. Diese Musik, die mich fesselte und so stark bewegte, würde mir fehlen.

»Ich will meine Geige, Nadine. Verstehst du das? Ich habe kein Geld.«

»Es ist ein zu schöner Tag, um uns zu zanken«, warf sie mir vor. »Vielleicht verhelfe ich dir zu deiner Geige.«

Sie war in der Lage, meine Vorbehalte zurückzudrängen, meine Ängste und Befürchtungen verfliegen zu lassen. Wir erblickten eine hell erleuchtete Kirche. Es war unwahrscheinlich, dass wir dort Ausschweifungen wie in dem Zelt mitansehen müssten. Vielleicht sollte ich beten, Gott um Hilfe anflehen, wie es meine Mutter so oft tut. Seit ich nicht mehr die Schule besuchte, die verlangte, dass alle Schüler in der Sonntagsmesse anwesend waren, ging ich nicht mehr in die Kirche. Mit Nadine im Brautkleid am Arm betrat ich das überfüllte Gotteshaus. Die Szene hatte sich wie von Zauberhand verwandelt. Ein Priester betrachtete mich mit halb wohlwollendem, halb spöttischem Lächeln.

»Monsieur Adrien Chanson! Wollen Sie die hier anwesende Nadine Alphonse zur Frau nehmen?«

Sie sah mich mit so viel Liebe an! In der Kirche herrschte eine solche gespannte Erwartung, dass ich nicht enttäuschen durfte. Auch später ist es mir immer so gegangen. Es ist mir unmöglich, jemandem nicht gefällig zu sein, wenn er von mir erwartet, dass ich die Schwierigkeiten, die Komplikationen, das Chaos des Lebens für ihn mildere. Ich habe so jeder Menge Leuten geholfen, aber selbst in meinem Leben nie irgendeine Unterstützung erhalten. Meine Bürden musste ich immer allein tragen. Mein eigenes Chaos musste ich immer ausbaden, ebenfalls allein. Ich bejahte die Frage des Priesters. Nadines Ja kam mit größerer Leichtigkeit. Wir tauschten Ringe aus, die gekauft zu haben ich mich nicht entsinnen konnte. Der Priester erklärte uns zu Mann und Frau und forderte uns auf, uns zu küssen. Flüchtig erblickte ich Sista in einer der ersten Reihen und vergaß sie schnell. Ich küsste Nadine. Der Kuss war auch das Signal für einen neuen Szenenwechsel.

Ich stand in derselben Straße wie bei meiner Ankunft in diesem Universum, das mit dem mir bekannten nichts zu tun hat. Gibt es Parallelwelten zu unserer, wie in den Science-Fiction-Erzählungen und -Romanen, für die ich schwärme? Ich sah Nadine nirgendwo, aber der Ehering war immer noch an meinem Finger. Ich versuchte, ihn abzunehmen, um mir zu beweisen, dass es nur eine Täuschung war, aber dafür hätte vielleicht die ganze Welt um mich herum, hätten all die Menschen, all die Kunstgebilde verschwinden müssen. Ich hörte die traurige Klage einer Violine. Sie ertönte direkt vor mir. Ich bahnte mir einen Weg durch die Menge, die wieder der Kapelle der Automaten folgte. Der Geigenspieler war der Einbeinige, der mich am Eingang der Straße angesprochen hatte. Ich folgte ihm fasziniert, aber ein wenig verlegen, denn ich handelte, so dachte ich mir, wie die Ratten in meiner seltsamen Vision bei Madame L'Ange. Mit einem Blick in die Runde vergewisserte ich mich, dass ich nicht zu einer Armee von Nagern gehörte, die der Klang des Instruments behext hatte. Der

Einbeinige blieb vor dem Fenster einer Taverne stehen. Innen schlemmten spärlich bekleidete Leute. Eine Frau trat heraus und kam auf mich zu. Der Einbeinige verneigte sich tief vor ihr und stimmte dann einen fröhlichen Marsch an. »Komm, mein kleiner Liebling«, sagte das Mädchen zu mir. »Um dir die Unschuld zu nehmen, braucht es mehr als Sista oder Nadine. Du wirst nichts verpassen, ich schwör's dir.« Sie öffnete ihre Bluse, um mir ihre Brüste zu zeigen. Ich glaubte, sie würde, wie die Bekannte von Decayou, das Gestrüpp um ihr Geschlechtsteil meinem Blick darbieten. Die Violine ermutigte mich, ihre Avancen anzunehmen. Aber ich hatte gerade Nadine mein Jawort gegeben. Der Ring an meinen Finger erinnerte mich daran, dass ich den Schwur wirklich geleistet hatte. Ich entfloh weit weg von dem Mädchen, das enttäuscht die Hände in die Hüften stemmte, während der Einbeinige die Geige zornig gegen eine Wand warf, so dass sie zerbrach. Ich hatte nun nichts anderes mehr im Sinn, als diese Straße zu verlassen, die eigentlich keine Straße ist, sondern eine Art Welt, in der alle Gedanken, alle Wünsche materielle Gestalt annehmen können. In diesem Moment wurde ich Zeuge einer beunruhigenden Szene. Milizionäre brachten Menschen aus einer protestantischen Kirche. Sie schleppten sie auf die Straße, erschossen einige und zwangen andere mit Knüppelschlägen, in Jeeps zu steigen. Ich erblickte meinen Vater, der sich zwei *tontons macoutes* zu widersetzen versuchte. Ein Hieb mit dem Gewehrkolben zwang ihn in die Knie. Er versuchte aufzustehen und streckte die Hand nach mir aus. Bat er um Hilfe? Er rief etwas, was ich nicht verstand. Die Szene war stumm. Bis auf den Schuss, den ich hörte. Mit einer blutigen Wunde am Kopf fiel mein Vater der Länge nach mitten auf die Straße. Er war wohl tot. Eine große Ratte näherte sich der Leiche. Ich ergriff einen Stein, um sie zu verjagen. Als ich ihn warf, schleuderte die Bewegung mich nach hinten. Ich reiste in der Zeit zurück. Alles, was ich gesehen hatte, lief erneut vor meinen Augen ab, bis ich vor dem Bettler wieder zu mir kam, der mir seine Schale hinhielt. Der Einbeinige sagte zu mir: »So ist das in der Rue des Tentations, Kleiner. Wenn du das Geld nicht hast, komm ein andermal wieder.« Ich gab dem Bettler nichts und ging heim, dabei quälte mich eine Migräne,

wie ich sie noch nie gehabt hatte. Das Erlebnis, das mir im Gedächtnis haften blieb, war, wie mein Vater mich um Hilfe rief und
versuchte, mir etwas zu sagen, was ich nicht verstehen konnte.
Dann diese Detonation! Mein Vater tot mitten auf der Straße!
Eine furchtbare Verletzung am Kopf! Meine Mutter hatte mir eine
reichliche Portion Essen übriggelassen. Glücklicherweise war sie,
wie üblich mit einem Buch in der Hand, vor ihrer Nähmaschine
eingeschlafen, sonst hätte sie mich gezwungen zu essen. Ich ließ
mich auf mein Bett fallen. Der Schlaf übermannte mich.

Meine Mutter rüttelte mich kräftig, um mich zu wecken. Ich rieb
mir die Augen im Glauben, ich hätte die ganze Nacht geschlafen
und es sei früh am Morgen.
»Es ist schon fünf Uhr, und du hast dein Essen nicht angerührt.
Was ist mit dir los, Adrien? Steh auf und komm essen. Ich kann
das wenige Geld, das ich habe, nicht so verschwenden.«
Ich durfte nicht widersprechen. Meine Migräne hatte nachge-
lassen. Als ich aus dem Bett stieg, heftete der Blick meiner Mutter
sich auf meine Hand.
»Was trägst du da am Finger? Lass sehen.«
Sie nahm resolut meine Hand.
»Ein Ehering! Wer hat ihn dir angesteckt?«
Ich musste mir rasch eine Erklärung zurechtlegen, die ich nicht
hatte, es sei denn, ich hielt alles, was ich in der Rue des Tentations
erlebt zu haben glaubte, für real.
»Das ist ein Geschenk von Nadine. Sie schwört, dass sie mich
heiraten wird.«
Meine Mutter prustete los.
»Nadine ist in ihrem Alter schon eine junge Dame. Du bist ein
naives Dummchen. Sie würde dich zu ihrem Diener machen. Ihr
Vater hat zwar viel Geld, aber unrechtmäßig erworbenes.«
»Nadine ist ein gutes Mädchen«, protestierte ich.
»Ein Mädchen wird durch seine Familie gut oder schlecht«,
beschied mich meine Mutter. »Und was das Alter betrifft, so
musst du wissen, dass ein Mädchen emotional mindestens drei
Jahre weiter ist als ein gleichaltriger Junge. Sie verschlingt dich
mit Haut und Haaren. Komm essen.«

Ich folgte ihr ins Esszimmer. Obwohl ich eigentlich keinen Hunger hatte, musste ich genügend zu mir nehmen, damit meine Mutter zufrieden war. Sie nahm auf einmal einen nachdenklichen und besorgten Ausdruck an. Ich fragte sie nach dem Grund.

»Es geht um deinen Vater. Seit über einer Woche habe ich ihn nicht gesehen. Das ist nicht seine Art.«

»Soll ich zu ihm gehen?«

Mein Vater lebt allein in einer Einzimmerwohnung in Deprez, einem Viertel hoch über der Stadt, überragt von einem Kreuz, das von der Bucht aus zu sehen ist. Mein Vater beklagt sich oft über dieses Kreuz, nicht weil er nicht gläubig wäre, sondern weil es Woche für Woche Tausende lärmender Pilger anzieht, die in der Hoffnung auf Linderung ihrer Leiden Jesus die Widrigkeiten ihres Lebens darlegen. Ich war nur selten bei meinem Vater gewesen; meine Mutter verbot es mir außer in extrem dringenden Fällen. Sie ist eine stolze Frau, die immer beweisen will, dass sie die Kontrolle über ihr Leben hat und zu behalten gedenkt.

»Nein. Wenn ihm etwas passiert wäre, hätte ich es hier zwischen meinen Schenkeln gespürt.«

Sie brach in Gelächter aus. Ich wusste nicht, warum.

»Ich werde nie ohne deinen Vater auskommen. Aber du solltest versuchen, deine Nadine zu vergessen. Es wäre mir lieber, wenn du in deinem Alter mit einem anderen Mädchen gehst.«

Sie stand auf und begann den Tisch abzuräumen. Anscheinend machte sie sich wirklich Sorgen, denn sie hatte mich nicht gezwungen, meinen Teller leer zu essen.

Ich saß allein auf einem Mäuerchen vor dem Haus, baumelte mit den Beinen und wusste nicht, was ich mit dem Tag anfangen sollte, als Monsieur Nino im Auto vorbeikam. Er sah mich, hielt an und kündigte mir, ohne auszusteigen, die Wiedereröffnung des Restaurants und des Spielsalons an. Ich konnte wieder bei ihm arbeiten, wann ich wollte. Madame Nino warf mir ein breites komplizenhaftes Lächeln zu. Die Zeichen der Zwietracht zwischen ihnen wurden selten. Sie schienen sich gut zu verstehen, auch wenn ich von Annette schon vor der Episode mit dem Sturm bei der Beerdigung des Präsidenten erfahren hatte, dass sie seit Monaten getrennte Schlafzimmer hatten. Laut Annette taten Paare aus religiösen Gründen oder einfach nur, um den sozialen Schein zu wahren, in der Öffentlichkeit oft so, als kämen sie gut miteinander aus.

Ich wusste nicht, ob ich noch Lust hatte, in Monsieur Ninos Restaurant zu arbeiten. Es hatte mich interessiert, weil ich dummerweise geglaubt hatte, ich könnte mit dem wenigen, was ich dort verdiente, die Summe ergänzen, die meine Mutter für den Kauf einer Geige zurückgelegt hatte. Ich hatte einen unmöglichen Traum gehegt, und meine Mutter vermutlich auch. Vielleicht war sie noch enttäuschter als ich. Ich hatte sie nie so fröhlich, so entspannt erlebt wie auf dem Konzert von Monsieur Benjamin. Sie war glücklich. Ihre Augen funkelten. Als sie mich zum ersten Mal zum Kurs gebracht hatte, war ihr Traum und auch der ihres zu früh verstorbenen Vaters Wirklichkeit geworden. Haben wir als Kinder in den Labyrinthen unserer Unschuld auch nur ein paar Sekunden darüber nachgedacht, welches Leid, welche Enttäuschungen wir den Erwachsenen mitunter bereiten, welche Hoffnungen unseretwegen verfliegen? Meine Mutter ist eine starke Frau. Sie trifft immer die in ihren Augen vernünftigste Entscheidung, auch wenn sie darunter leiden muss. Sie verlangt von mir, ebenso zu handeln. Möglicherweise gelingt es einem so, die Bürde des Lebens auf den Schultern zu tragen, anstatt sich von ihr jämmerlich zu Boden werfen zu lassen, als fiele man in eine Pfütze.

Ich bemühte mich, Monsieur Benjamin und die Geigenstunden zu vergessen. Ich hörte auf, in meinem Zimmer zu üben, mir vorzustellen, dass ich das Instrument in Händen hielt, meine Partituren im Kopf zu spielen. Es versetzte mir jedes Mal einen stechenden Schmerz im Unterleib, wenn ich mich der Wirklichkeit stellen musste: Ich würde den Unterricht nicht wieder aufnehmen. Das, was ich auf der Welt am meisten liebe, entzog sich mir, erwies sich als unzugänglich. Eine irre Wut erfasste mich. Einen Augenblick lang verschlug es mir den Atem. Ich rutschte von der Mauer und fand mich auf der Straße wieder. Ich hatte nicht die geringste Lust, nach Hause zu gehen, nicht einmal, um einen Roman weiterzulesen, der mich seit Tagen fesselte. Vor allem wollte ich keine Besorgnis auf dem Gesicht meiner Mutter lesen, da ich ihr keinerlei Hilfe leisten konnte.

Mein Entschluss war eine spontane Regung eingedenk des Grundes für die Beunruhigung meiner Mutter. Ich hielt ein Taxi an, in dem noch niemand saß, und gab die Adresse meines Vaters an. Es gibt keinen Zähler, nur einen Einheitspreis für Fahrten in der Innenstadt, der entsprechend der zusätzlichen Strecke verdoppelt oder verdreifacht wird. Ich stieg etwa zehn Meter vor der Wohnung aus, um nicht direkt vor der Tür meines Vaters anzukommen. Möglicherweise war er in Gesellschaft, und mein Besuch käme ungelegen. Ich hatte die richtige Entscheidung getroffen. Die Tür seiner Wohnung öffnete sich, und eine Frau trat heraus. Zu meiner großen Überraschung erkannte ich Madame Nino! Sie trug ein Paket unter dem Arm und rief das Taxi herbei, das mich gerade hergebracht hatte. Ich hatte den Reflex, mich hinter einen dicken Strommasten zu stellen. Mein Vater stand auf der Schwelle. Er winkte Madame Nino zu und kehrte erst ins Haus zurück, als das Taxi an der nächsten Kreuzung verschwunden war. Was machte Madame Nino bei meinem Vater? Sie schienen sich sehr nah zu stehen. Madame Nino weiß, dass mein Vater der Mann meiner Mutter ist. Ich war vollkommen verwirrt. Was ich gesehen hatte, durfte ich Annette nicht erzählen, und schon gar nicht meiner Mutter. Seit wann verkehrt mein Vater mit Madame Nino? Lag deren veränderte Haltung mir gegenüber an seinem Verhältnis zu ihr? Ich machte kehrt. Ich brauchte nicht mit meinem Vater zu sprechen. Er wirkte gesund. Er war nicht verschwunden. Vielleicht war er mit anderem beschäftigt. Einer anderen Liebesbeziehung? Mit Madame Nino? Meine Mutter ist weit schöner. Allerdings hatte ich meinen Vater schon am Arm einer anderen eher hässlichen Frau gesehen. Vielleicht kann ich in meinem Alter die Schönheit und die Qualitäten der Frauen noch nicht beurteilen. Ich dachte an Nadine. Der Ring an meinem Finger war noch da und erinnerte mich daran, dass es einen durchaus realen Übergang zwischen Traum und Wirklichkeit gibt. Nadine war schön. Sie war um mich bemüht. Dank ihr hatte ich meine Schwächen in Algebra und Geometrie überwunden. Ich würde sie niemals betrügen, nahm ich mir vor.

Monsieur Ninos Restaurant nahm seinen Betrieb wieder auf. Ich verstand jedoch, dass seine Einnahmen vor allem aus dem Glücksspiel im Hinterzimmer stammten, wo an den beiden Pokertischen, beim Roulette oder beim Würfeln viel Geld umgesetzt wurde. Monsieur Nino hat drei Automaten aufstellen lassen, die viele Spieler anlocken, darunter einen imposanten *tonton macoute*, der immer in Uniform kommt, seine Maschinenpistole vor sich ablegt und stundenlang spielt. Von Annette weiß ich, dass er manchmal bis Geschäftsschluss am frühen Morgen bleibt. Er spricht dem Alkohol reichlich zu, verträgt ihn aber hervorragend, denn er ist nie betrunken. Er zettelt keinen Krawall an, nicht einmal, wenn er große Summen verliert. Oft gewinnt er auch. Er hat zusammen mit Monsieur Nino in diesen Spielsalon investiert. Er spielt mehr, um seinem Laster zu frönen, als um zu gewinnen, was mir unverständlich ist. Was ist an diesen Groschengräbern dran, dass man süchtig danach wird? Man führt ständig dieselben Handgriffe aus. Es werden dieselben Symbole mit denselben Tönen angezeigt. Die Erwachsenen sind manchmal wirklich komisch.

Drei Tage nach der Wiedereröffnung des Restaurants sah ich bei meiner Ankunft Freddy und Jean-Jacques an einem Tisch sitzen, jeder mit einem Glas Papayasaft vor sich. Mein Anblick schien ihnen kein Unbehagen zu bereiten. Ich ging, ohne sie zu grüßen, an die Bar und fragte Annette, seit wann sie da waren. Annette antwortete mir, dass sie die ersten Kunden gewesen waren.

»Sie sind deinetwegen hier«, sagte sie.

Freddy und Jean-Jacques hatten ihr Gespräch eingestellt. Sie betrachteten Annette und mich, als versuchten sie herauszufinden, worüber wir redeten. Ich dachte mir, dass ich im Restaurant in Gegenwart von Annette und mit Monsieur Nino im Spielsalon nichts zu befürchten hatte, und ging auf sie zu.

»Ihr habt mich gesucht? Um mir noch einmal die Finger zu brechen?«

Jean-Jacques setzte ein spöttisches Lächeln auf, Freddy dagegen wirkte ernst. Er bedeutete mir, Platz zu nehmen.

»Wir müssen reden, Adrien.«

»Freddy möchte sich entschuldigen für alles, was passiert ist«, sagte Jean-Jacques. »Wir jungen Leute sind manchmal zu impulsiv.«

Er verstellte sich. Ich vertraute ihm nicht.

»Seid ihr deswegen gekommen?«

Freddy schüttelte den Kopf.

»Nein, Adrien. Du würdest unsere Entschuldigung wohl nicht annehmen. Was passiert ist, wird immer zwischen uns stehen. Aber wenn wir ein gemeinsames Problem haben, können wir einander helfen.«

Ich sah sie verblüfft an.

»Ihr und ich! Ein gemeinsames Problem!«

»Erklär's ihm, Freddy«, sagte Jean-Jacques.

Freddy hustete mit verlegenem Ausdruck.

»Ich habe mir aus dem Geigenunterricht nie was gemacht. Mein Vater wollte das. Er hat mir letzten Monat eine Violine geschickt. Er wohnt in New York. Alle sechs Monate kommt er uns besuchen, mich, meine Mutter und meine zwei Schwestern.«

»Wer hat meiner Mutter die *tontons macoutes* auf den Hals geschickt?«, fragte ich.

»Der Vater von Jean-Jacques«, antwortete Freddy.

»Mein Vater ist so«, erklärte Jean-Jacques. »Er will immer beweisen, dass er der Chef ist. Aber Monsieur Benjamin hat rasch dafür gesorgt, dass deine Mutter freigekommen ist. Er hat meinem Vater heftig die Leviten gelesen.«

Das hatte ich noch nicht gewusst.

»Was ist das Problem?«, fragte ich ungeduldig. »Ich muss arbeiten.«

»Freddy hat die Violine für hundert Gourde versetzt«, erklärte Jean-Jacques. »Er hat kein Geld, um sie auszulösen. Sein Vater kommt in zwei Tagen zurück. Wenn die Geige nicht im Haus ist, kriegt Freddy den Hintern voll. Ich wollte nicht in seiner Haut stecken.«

Freddy sah mir direkt in die Augen.

»André, der Wächter, hat uns gesagt, dass du dir keine Geige kaufen kannst. Unser Angebot ist, dass du uns hilfst, sie auszulösen. Ich zeige sie meinem Vater und vermiete sie dir für den Unterricht.«

»Fünf Gourde pro Lektion«, schlug Jean-Jacques vor. »Das ist ein guter Deal.«

Ich überlegte rasch. Ich hatte 52 Gourde gespart. Ich könnte Annette, Monsieur Nino oder sogar Madame Nino bitten, mir die Differenz zu leihen.

»Wer sagt mir, dass ich euch wiedersehe, wenn Fredy die Violine einmal zurückhat?«

Freddy wirkte schockiert.

»Ich hab mit der Geige nichts zu schaffen. Ich will damit nur Geld verdienen. Ich kann sie an mehrere Leute vermieten. Ich überlasse sie dir nicht. Fünfzehn Gourde für die drei Stunden in der Woche ist eine nette Summe. Ich mache dir einen Gefälligkeitspreis. Zehn Gourde für jeweils drei Lektionen. Du bekommst die Violine für den Unterricht und bringst sie mir danach zurück. Das nützt dir, und ich komme auf meine Kosten.«

»Ich gehe mit euch die Geige auslösen«, beschloss ich.

Freddy zuckte mit den Schultern. Jean-Jacques warf mir einen bösen Blick zu.

»Es ist ein Trödelladen im Stadtzentrum«, sagte Freddy. »Wir können morgen gemeinsam hingehen, wenn du willst.«

»Einverstanden.«

»Morgen, zehn Uhr, vor dem Restaurant.«

»Ich werde dort sein.«

Freddy und Jean-Jacques standen auf und gaben mir das Geld für ihre Getränke. Sie gingen unter lebhaften Beratungen.

»Was wollten sie?«, fragte Annette.

»Mir eine Geige vermieten. Kannst du mir 50 Gourde leihen?«

»Vertraust du ihnen?«

Ich zuckte mit den Schultern.

»Es ist ein Handel.«

»Ich leihe dir 25 Gourde, mehr nicht.«

Ich gab Annette einen Kuss. Monsieur Nino würde mir sicher, ohne zu zögern, den Restbetrag leihen. Es war das erste Mal, dass ich ihn um ein Darlehen bat.

Am nächsten Morgen war ich pünktlich um zehn Uhr am Treffpunkt. Das geforderte Geld trug ich in einer Socke am Knöchel, sorgfältig festgebunden mit einer Schnur. Ich traf meine Vorkehrungen, denn ich war es leid, dass man mich leichtgläubig oder naiv nannte. Von Nadine hatte ich reichlich entsprechende Vorhaltungen zu hören bekommen.

Freddy und Jean-Jacques kamen mit großer Verspätung. Es war schon halb elf. Monsieur Nino, der von irgendwoher zurückkehrte, fragte mich, was ich dort machte. Ich antwortete, dass ich mit zwei Freunden verabredet war, die mich möglicherweise versetzt hatten. Bestand Freddys und Jean-Jacques Rache darin, in mir eine Nacht lang eine stürmische Hoffnung zu erwecken, die sich am nächsten Tag vor der Mittagssonne verflüchtigte? Das wäre mehr als bösartig, geradezu pervers von ihnen. Ich schickte mich verärgert zum Gehen an, als ich sie ankommen sah, beide gingen sehr schnell, wirkten erschöpft. Sie waren verschwitzt und außer Atem.

»Im letzten Moment hat meine Mutter beschlossen, mich in die Apotheke zu schicken, um eine Salbe gegen ihr Nesselfieber zu kaufen«, erklärte Freddy. »Ich musste ein gutes halbes Dutzend Apotheken abklappern, bevor ich das Medikament endlich bekommen habe.«

»Und ich hab gewartet und mir gedacht, dass er lieber eine fürchterliche Tracht Prügel von seinem Vater bezieht, als dir die Geige leihen zu müssen«, sagte Jean-Jacques. »Ich kenne meinen Freund.«

»Auf geht's«, entschied Freddy. »Es ist nicht sehr weit.«

Die Hauptstadt hat die Ausmaße eines großen Dorfs. Mein Vater hatte einmal zu mir gesagt, wir sähen alles im kleinen Maßstab, und Kleinheit sei für uns zum Synonym für Schönheit geworden. In unserer Landessprache, dem Kreolischen, wird *ti*, »klein«, oft für alles Schöne gebraucht. Die Theorie meines Vaters ist, dass auch unser Denken diese Kleinheit angenommen hat und dies schwer auf unseren Fähigkeiten lastet, die Herausforderungen anzugehen, die sich uns stellen und die keineswegs *ti* sind.

Wir hatten nur etwa zehn Minuten zu gehen, bis wir vor einem Haus aus Holz und Blech ankamen, an dem ein Schild verkündete:»Zum heiligen Geist. Trödler«. Die Religion wird bei uns in alles hineingemischt. Jean-Jacques glaubte, Humor zu beweisen, indem er zu mir sagte, dass»meine Geige« in guten Händen und durch den Kontakt mit dem Geist aus Himmelshöhen sicher noch besser geworden sei. Er ärgerte mich mehr als Freddy, denn er benahm sich wie dessen Gehilfe. Freddy öffnete die Tür vor uns, und wir traten in einen Raum, in dem ein perfektes Durcheinander herrschte. An allen Wänden waren Regale, in oder an denen die unterschiedlichsten Dinge standen und hingen: Gläser mit unbekanntem Inhalt, Kleidungsstücke, elektronische Geräte, ausgestopfte Tiere, Waffen von Degen bis zu Pistolen, Bücher, Lexika, Särge aller Größen, Lampen, Stoffe, Schmuck, Hüte, Schals, Kettenanhänger, Globen, Winkelmaße, Seile, Segelschiffmodelle, Bleisoldaten, Fuß- und Basketbälle, Pinsel mit Farbtöpfen, Rettungswesten. Ich sah sogar einen Fallschirm neben Moskitonetzen und Essbesteck. Beim Betrachten dieses Sammelsuriums hatte man den Eindruck, dass das Zimmer sich ausdehnte, um Platz für all die Gegenstände zu schaffen, die ihre Eigentümer hier gegen eine Geldsumme hinterlegt hatten, welche sie mit Zinsen zurückzahlen mussten, um ihr Gut wiederzuerhalten.

»Monsieur Césarin!«, rief Freddy.

Hinter dem, was eine Art Theke sein musste, rührte sich etwas. Ein alter Mann, ein Zwerg, sprang auf einen Hocker, damit wir ihn sehen konnten. Er entschuldigte sich, bevor ich den Grund dafür erfuhr. Er war vollständig kahl und bedeckte seinen Kopf eilig mit einer Perücke aus langen, seidigen Haaren, was ihn nur noch unansehnlicher machte.

»Wir sind wegen der Geige gekommen«, sagte Freddy.

Der alte Zwerg stieß ein vor Bosheit triefendes Kichern aus.

»Wo ist das Geld?«

Freddy stieß mich mit dem Ellbogen an.

»Gib ihm das Geld.«

»Ich will die Geige sehen«, verlangte ich.

»Kein Problem«, sagte der Zwerg.

Er bückte sich und richtete sich mit der Violine in einer und dem Bogen in der anderen Hand wieder auf. Mein Herz begann heftig zu klopfen. Ich würde den Unterricht bei Monsieur Benjamin fortsetzen. Für die Miete von zehn Gourde pro Woche, würde ich alles Menschenmögliche tun. Ich nahm das Geld aus der Socke, zählte die Scheine und reichte sie dem Zwerg.

»Hier. Das sind hundert Gourde.«

Der Zwerg wirkte empört.

»Hundert Gourde. Das macht 160 Gourde, Freddy. Du hast acht Wochen Rückstand.«

»Behalte Adrien für die fehlenden sechzig Gourde«, schlug Freddy vor. »Du kannst mir die Geige übergeben.«

»Das ist ein gutes Geschäft«, stimmte der Zwerg mit begierigem Gesichtsausdruck zu.

Alles ging zu schnell. Es war wohl Jean-Jacques, der mir den Schlag auf den Kopf versetzte. Der Schmerz war so stark, dass ich bewusstlos zusammenbrach.

Die rechte Seite meines Schädels brannte lichterloh. Ein unerträglicher Schmerz. Trotz allem kam ich wieder zu mir. Eine ziemlich lange Zeit konnte ich mich nicht bewegen, meine Glieder waren vollständig steif. In vollständiger Dunkelheit versuchte ich, langsam aufzustehen. Mein Schädel wog eine Tonne. Vor mir tauchte ein Lichtschein auf. Eine Hand hielt eine soeben angezündete Kerze. Ich konnte nicht sehen, wer es war. »Sind Sie wach?«, flüsterte eine Stimme. Ich sah flüchtig denjenigen, der das Licht entzündet hatte. Es war nicht der Zwerg. Es war der Automat, der Kapellmeister des Spielmannszugs, den ich in der Rue des Tentations bewundert hatte.

»Wo bin ich?«, fragte ich.

Der Automat verrückte die Kerze, damit ich sehen konnte, wo wir uns befanden. In einer Grotte! Die Höhlungen in den Wänden waren ausgefüllt von Gegenständen wie im Laden des Zwergs. An der Decke hingen Kleidungsstücke, Fahrzeugteile, verwelkte Blumensträuße, Puppen in verschiedenen Größen und Farben sowie Musikinstrumente, aber keine Violinen, vor allem Gitarren, Saxophone, Posaunen. Ganz hinten eine ganze Reihe von geschlossenen Särgen. Angesichts des pestilenzartigen Gestanks, von dem mir übel wurde, fürchtete ich, ich sei in der Höhle eines jener Friedhofsplünderer. Man stahl die Särge mit allem, was die Toten in ihrer letzten Ruhestätte hatten. Ich hatte in Monsieur Ninos Restaurant jede Menge ungeheuerliche Geschichten darüber gehört.

»Du bist immer noch im Trödelladen zum heiligen Geist«, sagte der Automat. »Der Zwerg ist der größte Hehler der Innenstadt. Da er dort oben keinen Platz mehr hat, hat er sich in die Erde gegraben. Wir sind nicht weit vom Friedhof. Also hat sein Geschäft sich erweitert.«

Ich kam auf die Beine.

»Ich muss hier raus«, sagte ich.

Der Automat sah mich an. Er wollte wohl eine bedauernde

Miene aufsetzen, aber ein Automat hat immer denselben Ausdruck. Er kann gerade einmal versuchen, durch bestimmte Kopfbewegungen Gefühle zu bekunden.

»Niemand ist je hier herausgekommen.«

»Ich habe dich doch in der Rue des Tentations gesehen. Du bist der Kapellmeister des Spielmannszugs.«

Er bewegte mehrmals den Kopf. Das war wohl eine Geste der Zufriedenheit.

»Weil der Zwerg dafür bezahlt wird. Er vermietet mich für jede Aufführung.«

»Und du nutzt das nicht aus, um zu entkommen?«

»Wohin?«, fragte er in erstauntem Tonfall.

Die Kerze war kurz vor dem Erlöschen. Er nahm aus einer Schachtel zu seinen Füßen eine andere und zündete sie an.

»Wenn du niemanden hast, der dich mietet, dann könntest du dein Leben hier beschließen. Man kann dich auch in kleinen Stücken verkaufen. Dein Blut. Deine Organe. Alles. Manchmal kommen Ausländer und verhandeln mit dem Zwerg über so etwas.«

»Ich muss hier raus«, beharrte ich.

»Ich versichere dir, dass es keinen Weg hier heraus gibt.«

»Leuchte ein bisschen, damit ich was sehen kann.«

Ich war rasend vor Wut, dass ich mich ein weiteres Mal hatte hereinlegen lassen. Meine Lage war jetzt weit schlimmer als mit dem Dichter Decayou. Niemand wusste, wo ich war. Ich entdeckte nur einen schmalen Durchgang in der Grotte, so vollgestellt war der Ort mit den ungewöhnlichsten Gegenständen. Der Automat folgte mir und warnte mich, die Kerze werde nicht lange brennen und im Dunkeln wäre es uns unmöglich, zum Ausgangspunkt zurückzufinden.

»Der Zwerg wird nicht erfreut sein«, jammerte der Automat. »Er kann beschließen, mich nicht mehr zu vermieten.«

Ein Lichtschein vor mir. Ich bewegte mich ein wenig schneller vorwärts und zwängte mich durch einen Spalt in einen Hohlraum, der gerade einmal einer oder zwei Personen Platz bot. Dort erblickte ich nur einen offenen Sarg mit einer Leiche darin. Am Kopfende brannte eine Lampe. Ich erkannte den Präsidenten der Republik, dessen sterbliche Hülle sich eigentlich in dem Mausoleum befinden sollte, das man auf dem Friedhof für ihn errichtet hatte. Anscheinend war er vollendet einbalsamiert worden, denn es lag kein Verwesungsgeruch in der Luft.

»Ich verstehe nicht«, sagte ich, während mir ein Schauer über den Rücken lief.

»Man wollte ihn nicht im Mausoleum auf dem Friedhof lassen«, erklärte der Automat. »Eines Tages gibt es eine Revolution, und dann wollen Leute seine Leiche schänden. Also hat man sie hier verborgen. Nur wenige Menschen wissen Bescheid. Ich bin ja nur ein Automat.«

Er fasste mich fest an der Hand.

»Wir dürfen nicht hier bleiben. Ich belüge dich nicht. Es gibt keine Möglichkeit, von hier zu entkommen.«

Im Hinausgehen hörte ich Pferdegetrappel. Ein berittener Trupp! Ein Donnerschlag ertönte, eine heiße Windbö nahm mir den Atem und warf mich zu Boden. Als ich aufstand, war der Automat immer noch bei mir, und die Kerze, die er hielt, war seltsamerweise nicht erloschen.

»Schnell weg hier!«, drängte er.

Was ich sah, verschlug mir die Sprache. Der Hohlraum hatte sich auf unerklärliche Weise vergrößert. Die Männer in Schwarz in zwei Reihen am Sarg. Sie standen schweigend da und warteten auf irgendetwas. Plötzlich waren dort auch schwarz gekleidete Frauen, ebenfalls anscheinend aus dem Nichts aufgetaucht. Es waren etwa zwanzig. Sie näherten sich im Gänsemarsch mit wildem Gesichtsausdruck, jede mit einem Dolch in der Hand. Vor dem Sarg stießen sie eine nach der anderen ihre Klinge in die Leiche. Jedes Mal brach einer der Männer ohne einen Schrei, ohne einen Klagelaut mit der Hand auf der Brust zusammen. Die Frauen verschwanden.

»Wir hätten bei so etwas nicht dabei sein dürfen«, jammerte der Automat. »Schnell zurück, die Kerze geht gleich aus!«

Erneut hörte ich das Pferdegetrappel und das Brausen einer Windbö, spürte aber diesmal den Luftzug nicht. Die Männer in Schwarz waren nicht mehr da. Die Krypta hatte ihre ursprünglichen Ausmaße wieder angenommen.

»Verlang keine Erklärung von mir. Das ist nichts für Automaten.«

Er zog mich am Ärmel zurück. Wir entfernten uns von der seltsamen Krypta. Ich hörte ein Rauschen wie von fließendem Wasser.

»Was ist das für ein Geräusch?«

»Dort hinten ist eine Abwasserleitung. Es ist unmöglich, auf diesem Weg zu entkommen. Man müsste sich in den Kanal fallen lassen, ein Sturz von zehn Metern, und er verläuft unterirdisch bis zur Bucht. Das bedeutet für einen Menschen den sicheren Tod und für einen Automaten ewige Korrosion. Ich bevorzuge meinen gelegentlichen Auftritt in der Rue des Tentations. Wenn ich nicht aufmarschiere, träume ich vom Aufmarsch.«

Wir waren an unseren Ausgangspunkt zurückgekehrt.

»Ich habe noch eine letzte Kerze. Wenn es Tag wird, haben wir ein bisschen Licht durch ein paar Öffnungen in der Decke.«

Er zündete die Kerze an. Mir kamen die Tränen. Ich hätte Freddy und Jean-Jacques nicht vertrauen dürfen. Ihre Rache an mir war wahnwitzig. Sie waren es, die mich angegriffen hatten, die mir die Finger brechen wollten. Monsieur Benjamin hatte mich nur gebeten, ihnen zu helfen.

»Weine nicht«, sagte der Automat. »Denk an einen schönen Moment in deinem Leben. Vielleicht kommt jemand und mietet dich.«

»Gibt es hier keine andere Violine?«, fragte ich.

»Es gab nur eine. Der Zwerg hat sie im Tausch gegen dich ausgehändigt. Ich hab hier ein Saxophon. Soll ich dir was vorspielen?«

Um ihn nicht zu kränken, akzeptierte ich. Er stellte die Kerze auf den feuchten Boden und stieg eine aus Kisten errichtete Treppe hoch, um ein rostiges Saxophon von der Decke zu holen. Dann spielte er für mich einen Marsch, der mitreißend sein sollte, aber das Instrument klang falsch. Die Mechanik war vom Rost, dem Staub oder sonst etwas verstellt. Ich klatschte und beglückwünschte ihn, um ihm eine Freude zu machen. In Gedanken war ich jedoch woanders. Meine Mutter pflegt zu sagen, dass Kinder einen Sinn haben, den sie verlieren, wenn sie erwachsen werden. War es dieser Sinn, durch den ich all die Dinge in der Rue des Tentations hatte sehen können? Dieser Automat, der Saxophon spielte, während ich bei dem zwergwüchsigen Hehler gefangen war, konnte nicht real sein, aber ich sah ihn. Ich hätte lieber einen anderen Sinn gehabt, als den, gelegentlich Personen aus anderen Welten sehen zu können. Etwa einen Sinn für die schurkischen Absichten der Personen aus meiner eigenen Wirklichkeit. Dann wäre ich weder Decayou noch Freddy und Jean-Jacques gefolgt.

»Ich weiß, dass du nur mir zuliebe applaudierst«, gestand mir der Automat. »Dieses Saxophon ist nicht gut. Glücklicherweise hält der, der mich mietet, ein schönes neues für mich bereit. Weißt du was? Ich hatte eines Tages Lust, Geige zu lernen.«

Er seufzte.

»Aber ein Automat lernt nicht. Er spielt, was man ihm einprogrammiert hat. Ich würde auch gern etwas anderes auf dem Saxophon spielen. Kennst du die Person, die mich programmiert hat?«

Meine Augenlider wurden schwer vor Schläfrigkeit und sicher auch vor Erschöpfung und Verzweiflung.

»Ich kenne niemanden in Haiti, der Automaten herstellt oder programmiert. Du kommst sicher von sehr weit weg.«

Der Automat neigte sich zu mir.

»Und dennoch habe ich manchmal gehört, wie der Zwerg sich mit dem Präsidenten im Sarg unterhielt. Der Präsident rühmt sich, ein großer Automatenfabrikant gewesen zu sein. Millionen, behauptet er. Laut ihm waren alle in seiner Umgebung seine Automaten. Er erzählt, dass er Tausende von Automaten im Hof seines Palastes versammelt hat. Automaten, die auf seinen Befehl getötet haben.«

Er legte sich die beiden Hände auf den Kopf. Er war ein seltsamer Automat. Vielleicht würde er eines Tages ein Mensch werden wie Pinocchio.

»Automaten, die töten! Wie furchtbar!«

Er sah mich beunruhigt an.

»Du bist vielleicht ein Automat, ohne es zu wissen. Irgendjemand muss dich geschaffen und programmiert haben.«

Seine letzten Worte hörte ich nur verschwommen. Ich schlief mit dem Kopf auf einer Kiste ein.

Eine trockene Hand schüttelte mich. Sie war weder so warm noch so weich wie die meiner Mutter. Einige Sekunden lang wähnte ich mich in meinem Bett in meinem kleinen Zimmer, in dem ich jeden verborgenen Winkel kenne. Erst nach einiger Zeit erfasste ich den Raum, in dem ich mich nun befand. Eine Höhle, kaum erhellt durch einige Sonnenstrahlen, die verstohlen durch die Decke drangen. Vom Gestank aus den Särgen am Ende des Wegs, auf dem der Automat und ich bis in die winzige Krypta mit der Leiche des Präsidenten vorgedrungen waren, wurde mir wieder übel. Hätte ich auch nur das Geringste im Magen gehabt, hätte ich mich sicher übergeben.

»Wach auf. Es passiert etwas.«

Ich stand auf und stützte mich dabei auf die Armlehne eines Schaukelstuhls aus Korbgeflecht, den ich nicht bemerkt hatte. Mir war ein wenig schwindelig, und ich fürchtete, das Gleichgewicht zu verlieren. Ich hörte laute Stimmen, dann das Knattern einer Maschinenpistole. Vom Widerhall des Feuerstoßes in der Höhle schmerzten mir die Trommelfelle. Der Automat ging auf und ab, vielleicht verängstigt, auch wenn seinem Gesicht nichts anzusehen war. Er bewies so, dass es möglich ist, seine Gefühle nur durch Zeichen, ohne gesprochene oder geschriebene Worte, auszudrücken. Mein Vater sagt oft, dem Tod des Präsidenten zum Trotz – aber war er wirklich gestorben, da laut dem Automaten der Zwerg in der Krypta mit ihm sprach? – sei die Zeit immer noch durch die Geier in den blauen Uniformen verriegelt. Wenn wir nicht reagierten, müssten wir uns weiterhin mit Zeichen verständigen. Aber die Zeichen seien vielleicht stärker als Sprache und Schrift.

»So einen Krach habe ich noch nie gehört«, stöhnte der Automat. »Nicht einmal in der Sturmbö bei der Beerdigung des Präsidenten.«

Ich vernahm Kettengeklirr, einen Schlüssel, der sich in einem Schloss drehte. Das Quietschen schwerer Türflügel. Ein Mann, schwarz wie die Nacht, mager wie ein Skelett und fast zwei Meter groß, erschien.

»Adrien«, brachte er mit Mühe hervor. »Komm.«

Ich weigerte mich zunächst. Der Automat hatte sich hinter einem Stapel Kisten versteckt. Vor Angst klapperte seine gesamte Mechanik. Eine Stimme, die ich kannte, schrie: »Adrien! Bist du hier?« Monsieur Nino!

»Monsieur Nino!«, rief ich, so laut ich konnte. »Monsieur Nino!«

Ich wollte dorthin rennen, wo ich den Ausgang vermutete. Der magere Riese packte mich mit Leichtigkeit, als hätte er die Fähigkeit, seinen Arm zu verlängern, um seine Beute zu ergreifen. Seine Kraft stand in keinem Verhältnis zu seiner Magerkeit. Er hob mich wie einen Strohhalm in die Höhe und brachte mich in den Laden des Zwergs, der reglos und mit erhobenen Händen auf seinem Hocker stand. Er war ohne seine Perücke, zitterte und befand sich in jämmerlichem Zustand. Ich glaube, er hatte sich in die Hose gemacht. Ein Großteil seiner Regale war zerstört. Ich erblickte Monsieur Nino in der Uniform der Miliz, begleitet von dem anderen *tonton macoute*, der oft die ganze Nacht an den Spielautomaten verbrachte.

»Adrien! Komm her!«, befahl mir Monsieur Nino.

»Die Geige«, protestierte der Zwerg. »Mir fehlen sechzig Gourde.«

Monsieur Ninos Kompagnon ließ einen weiteren Feuerstoß aus seiner Maschinenpistole los, von dem ein letztes Regal mit seinem gesamten Inhalt in Stücke zersprang. Mir dröhnten die Ohren.

»Gib ihnen das Kind, Danba«, schrie der Zwerg. »Gib ihnen das Kind.«

Der Riese hob mich hoch und warf mich wie ein Paket schmutzige Wäsche über die Theke. Monsieur Nino konnte verhindern, dass ich hart auf dem Boden aufschlug und mir möglicherweise etwas brach. Eine weiterer, diesmal trockener Knall. Monsieur Ninos Partner hatte gerade den Diener des Zwergs mit seinem Revolver niedergeschossen.

»Mörder«, quäkte der Zwerg. »Mörder ... Eines Tages krieg ich euch ... Ich kriege euch alle ...«

»Keif nicht so herum«, sagte Monsieur Ninos Kompagnon.
»Du weißt, warum ich dir nicht auch eine Kugel in den Kopf
jage.«

»Wir bringen dich nach Hause«, sagte Monsieur Nino, der am Steuer seines Autos saß.

Sein Kompagnon rauchte eine *Comme il faut*. Ich saß hinten und zitterte immer noch am ganzen Leib. Ich konnte nicht glauben, dass man mich gerade den Klauen des Zwergs entrissen hatte.

»Monsieur Nino! Wie haben Sie mich gefunden?«

Monsieur Nino bremste unvermittelt, schaltete den Motor aus, drehte sich zu mir um und versetzte mir eine schmerzhafte Ohrfeige. Ich hatte wohl einen ausgeschlagenen Zahn, denn mir floss Blut aus dem Mund.

»Mit dieser Geigengeschichte ist jetzt Schluss, Adrien. Deine Mutter hat spätabends an meine Tür geklopft, um mir zu sagen, dass du nicht wie sonst heimgekommen bist. Du bist gestern am frühen Morgen aus dem Haus gegangen. Ich habe dich dank Annette wiedergefunden. Sie hat mir gesagt, dass zwei von deinen Freunden gekommen waren und dir einen Handel für eine Violine vorgeschlagen hatten. Wenn ich gewusst hätte, dass es dafür war, hätte ich dir die 25 Gourde nicht geliehen. Von Annette habe ich auch die Namen deiner Freunde erfahren. Ich wusste nicht, wo ich sie finden konnte. Diese Information haben wir von André, dem Wächter des Pfarrhauses, bekommen. Wir haben Jean-Jacques und dann auch Freddy zu fassen bekommen. Wir haben sie ziemlich hart angefasst. Sie sind jetzt mit ihren Eltern auf der Flucht.«

»Ist Freddy mit seiner Violine gegangen?«, brachte ich, meine brennende Wange haltend, hervor.

»Willst du diesmal meine Faust in die Fresse?«, brüllte Monsieur Nino.

Sein Geschäftspartner brummelte:

»Du solltest dich lieber bei uns bedanken. Du wärest in Stücken bei unseren weißen Freunden gelandet.«

»Wenn du so weitermachst, kann ich es nicht mehr verantworten, dich bei mir zu beschäftigen. Du bist für diese Sache mit der Violine zu allem bereit. Daran ist deine Mutter schuld. Wenn man in diesem Land arm ist, nimmt man keine Klavier- oder Geigenstunden.«

Monsieur Ninos Kompagnon erstickte uns mit seiner *Comme il faut*.

»Notfalls Gitarre oder Banjo. Oder einfach nur Trommel.«

Er lachte laut auf, zufrieden mit seinem dümmlichen Witz. Ich fühlte mich an die Bemerkung des Taxifahrers erinnert, den meine Mutter in die Schranken gewiesen hatte.

»Ich vergesse meine 25 Gourde nicht«, erinnerte mich Monsieur Nino. »Und auch nicht das Geld von Annette. Man muss lernen, die Verantwortung für seine Fehler und verrückten Einfälle zu übernehmen. Entweder zahlst du deine Schulden, oder du wanderst für ein paar Tage in den Knast. Im Gefängnis hast du Zeit zum Nachdenken. Das ist ein guter Ort für Hitzköpfe, wo sie ihre hirnverbrannten Entscheidungen büßen können. Wir geben dir eine Woche Zeit.«

Zwei Tage lang richtete meine Mutter nicht das Wort an mich. Sie stellte mir nur das Essen auf den Tisch, und wenn sie nicht vor ihrer Nähmaschine saß, kochte, putzte oder wusch – sie kann es sich nicht leisten, ein Dienstmädchen zu beschäftigen –, schloss sie sich zum Lesen in ihr Zimmer ein. Sie liebt die Werke populärer französischer Autoren des neunzehnten Jahrhunderts wie Alexandre Dumas, Paul Féval und Michel Zévaco, taucht aber auch in so unterschiedliche Welten wie die Victor Hugos, Dostojewskis oder Émile Zolas ein. Ihr Lieblingsroman ist *Thérèse Raquin*, über den sie eine Woche lang jedes Mal Tränen vergoss, wenn sie mir einen Abschnitt erzählte. Mein Vater kam in den zwei Tagen, in denen meine Mutter mir die kalte Schulter zeigte, blieb aber nicht lang. Er wirkte besorgter als üblich. Ich fürchtete vor allem, meine Mutter könnte ihm von meinem letzten üblen Abenteuer erzählen, denn das hätte mir eine Tracht Prügel einbringen können, nach der man eine Frau aus der Nachbarschaft hätte holen müssen, damit sie mir ein heilendes Kräuterbad bereitete.

Ich arbeitete weiter bei Monsieur Nino, der mich ebenfalls mit einer gewissen Kälte behandelte. Annette sagte mir immer wieder kopfschüttelnd: »Adrien! Reiß dich zusammen! Geigenunterricht! Den kannst du noch dein ganzes Leben nehmen. Du wärest verschwunden, ohne dass jemand wüsste, wie oder wohin. Glücklicherweise hängt Monsieur Nino an dir.« Hatte Madame Nino mein Ungemach mitbekommen? Wenn sie Bescheid wusste, ließ sie sich nichts anmerken. Zweimal beauftragte sie mich mit Botengängen zu Oberst Édouard. Es handelte sich immer um kleine weiße, blaue oder grüne Umschläge, die ich ihm früh, vor acht Uhr, aushändigen musste. Madame Nino empfahl mir, den Umschlag in die Tasche zu stecken. Niemand durfte wissen, was ich dem Oberst übergab. »Was zwischen Frauen und Männern passiert, Adrien, muss immer unter ihnen bleiben«, sagte sie das einzige Mal, als sie durchblicken ließ, in welchem Verhältnis sie zueinander standen. Der Gendarm, der mich beim ersten Mal so barsch empfangen hatte, öffnete mir nun das Tor, damit ich innen warten konnte, bis der Oberst die Nachricht von Madame Nino eigenhändig entgegennahm.

Nadine kam mit ihren Büchern und Heften zu mir. Wir arbeiteten einen Tag lang. Sie wollte, dass ich im neuen Schuljahr der Klassenbeste in Algebra und Geometrie war. Es ist selten, dass ein Mädchen in diesen Fächern gute Leistungen bringt. Meine Mutter wusste, dass wir im Wohnzimmer arbeiteten, behielt uns aber im Auge, da sie fürchtete, Nadine könnte mich, wenn sie sich auch nur einen Moment entfernte, zu irgendwelchen »Abartigkeiten« verleiten. Das waren ihre Worte. »Sie ist älter als du und könnte deine Naivität für ich weiß nicht welche Experimente ausnutzen.« Mein Vater, der von meiner Beziehung mit Nadine wusste, machte sich manchmal über die Befürchtungen meiner Mutter lustig. »Irgendwann muss ihm doch mal ein Mädchen die Unschuld nehmen. Da ist mir eins mit etwas Erfahrung lieber. Ich hätte mir freilich gewünscht, dass es ein Mädchen ist, das bereits Sensibilität für dieses Land beweist. Die Tochter von Odard Alphonse! Sie kennt sicher nur Luxus und Sicherheit. Ich muss Adrien immerhin sagen, dass er sich in Acht nehmen soll.« Ich höre gern zu, wenn mein Vater und meine Mutter ein wenig streiten, ohne zu wissen, dass ich sie beobachte. Danach küssen sie sich stürmisch, und ich glaube, ich habe ihnen viel abgeschaut, denn Nadine fragte mich einmal misstrauisch, ob mir nicht noch eine andere Freundin Nachhilfe gab.

Hatte ich jede Hoffnung aufgegeben, meinen Violinunterricht bei Monsieur Benjamin fortzusetzen? Ich hoffte wider alle Erwartung. Ich hatte Nadine erzählt, dass ich Annette und Monsieur Nino ein wenig Geld schuldig war. Ohne eine Erklärung zu verlangen, hatte sie ihr Sparschwein geschlachtet und mir 50 Gourde gegeben, die ich eilig zwischen Annette und Monsieur Nino teilte. Ich ging bei Adrien, dem Wächter des Pfarrhauses, vorbei und erfuhr von ihm, dass Monsieur Benjamin seine Rückkehr wegen Krankheit um eine Woche verschoben hatte. Er flüsterte mir seine Befürchtung ins Ohr, dass es an politischen Gründen lag. Monsieur Benjamin verzögere seine Heimreise jedes Mal auf diese

Weise. Der Virtuose habe mehrmals öffentlich missbilligt, dass der Sohn des Präsidenten in das höchste Staatsamt aufstieg. »Das ist unseriös«, habe er nachdrücklich gesagt. »Die Amerikaner, dieser Abschaum der Menschheit, haben den Vater dazu genötigt und dafür seine Krankheit ausgenutzt.« André war an diesem Tag zu Vertraulichkeiten aufgelegt: »Wäre Monsieur Benjamin kein persönlicher Freund des Präsidenten gewesen und kein eifriger Unterstützer des Regimes, hätte er seine Meinungen mit dem Leben bezahlt.« Ich hatte die andere Seite des Virtuosen nur kennengelernt, als er sich in die Kaserne der Miliz begeben hatte, um meine Mutter zu befreien.

Nadine lud mich zu einem großen Fest ein, das bei ihr anlässlich ihres Geburtstags gegeben wurde. Wir trugen immer noch unsere Ringe am Finger und hüteten eifersüchtig das Geheimnis unseres Treffens und unserer Heirat in jener Kirche der Rue des Tentations. Sie sagte immer wieder: »Wir brauchen nicht zu verstehen, was passiert ist. Wir haben einen wunderbaren Traum geteilt, und Gott hat uns den Beweis geliefert, dass unsere Erlebnisse real waren. Nehmen wir es so hin.« Meine Mutter erlaubte widerstrebend, dass ich zur Geburtstagsparty meiner Freundin ging. Als mein Vater erfuhr, dass ich in das Haus von Odard Alphonse eingeladen war, schien er unangenehm überrascht. Mit leicht zitternder Hand schenkte er sich ein Glas Rum ein.

»Was hast du?«, fragte meine Mutter. »Du wusstest, dass er Nadines Vater ist. Soll Adrien nicht zur Geburtstagsfeier seiner Freundin gehen?«

Mein Vater seufzte. Seine plötzliche Erregtheit wich einer kalkuliert wirkenden Ruhe.

»Schatz, ich hab's dir schon mehrmals gesagt, Adrien muss in seinem Alter sein eigenes Leben leben. Je früher er die Schönheiten und Hässlichkeiten der Welt entdeckt, desto früher wird er charakterlich zum Mann.«

Er ließ sich in dem Schaukelstuhl, den er so schätzt, nach hinten sinken.

»Vor allem die Hässlichkeiten dieser Welt. Sie sind zahlreicher. Amüsier dich gut mit deiner Freundin, Adrien. Aber Achtung!

Ich will nicht an die Abartigkeiten erinnern, von denen deine Mutter oft spricht. Aber wenn du deine Nadine schwängerst oder sie dir die Schändlichkeiten von jemand anders in die Schuhe schiebt, bekommst du eine Kugel ins Genick. Ihr Vater versteht keinen Spaß.«

»Charles!«, empörte sich meine Mutter. »Das sind Kinder.«

»Du weißt genau, was wir hinter dem Rücken unserer Eltern getrieben haben«, erwiderte mein Vater. »Das vergessen wir zu oft.«

Meine Mutter versetzte ihm einen zärtlichen Klaps.

»Du wirst dich nie ändern! Sei doch ernsthafter mit deinem Sohn. Er ist noch naiv in seinem Alter.«

Ich hasse es, wenn meine Mutter mich auf meine »Naivität« hinweist, vor allem im Beisein meines Vaters.

»Eben, Schatz«, antwortete mein Vater. »Ich hüte mich vor der Naivität unseres Sohnes. Unschuld ist die Lieblingsspeise der Wölfe.«

Die große Geburtstagsfeier, von der Nadine gesprochen hatte, war eher ein Empfang, zu dem gewichtige Persönlichkeiten der Stadt geladen waren. Im Hof standen lauter Autos mit offiziellen Kennzeichen, und die Straße war für alle Fahrzeuge gesperrt, die keine Festgäste brachten. Ein Mann und eine Frau in Livree hatten eine lange Liste durchgehen müssen, bevor sie meinen Namen fanden. Die Gäste hinter mir wurden ungeduldig, und ich fürchtete schon, man würde mich einfach hinauswerfen. Als sie mich durchließen, gelangte ich auf eine weitläufige Terrasse mit überreich gedeckten Tischen, besetzt von Erwachsenen, die laut sprachen, als täten die vom Hausherrn großzügig angebotenen Alkoholika bereits ihre Wirkung. Für den Geburtstag eines Mädchens, das fünfzehn Jahre alt wurde, sah ich nur wenige junge Leute, die alle zwischen Erwachsenen, wahrscheinlich ihren Eltern, saßen. Ich fühlte mich verlegen, unbeholfen an diesem Ort, an dem ich niemanden kannte, und bereute, die Einladung meiner Freundin angenommen zu haben. Ich hätte meine Abwesenheit im letzten Moment auf eine schwere Grippe schieben können. Nadine wäre sehr enttäuscht gewesen, hätte es mir aber nicht übelgenommen.

Ich stützte mich auf das Geländer der Terrasse. Der Blick über die Stadt war interessant. Gerade war die Sonne in der Bucht versunken; in einigen Minuten würden die Lichter der Stadt nach und nach angehen wie ein Feuerwerk in Zeitlupe. Die seltenen Male, die ich Gelegenheit dazu habe, sehe ich dieses Schauspiel gern. Ein Orchester mit Banjo, Trommel, Kontrabass, zwei Sängern und Maracas interpretierte Lieder, die gerade in Mode waren, und einige Paare standen auf, um unter dem Beifall der Festteilnehmer ein paar Tanzschritte anzudeuten. Ein Kellner, der mich allein dastehen sah, bot mir eine Auswahl von Sodagetränken und Fruchtsäften an. Ich wählte einen Cocktail aus Orangensaft und Banane. Er schlug mir freundlich vor, an einem der Tische Platz zu nehmen, aber ich fühlte mich unbehaglich in Gesellschaft von Leuten, die ich nicht kannte. Ich bin von schüchternem Wesen, auch wenn ich große Anstrengungen unternehme, es mir nicht mehr anmerken zu lassen. Der Kellner brachte mir einen Stuhl. So hatte ich ein Eckchen für mich, wo ich weiter den Blick über die Stadt genießen und den Ablauf des Festes verfolgen konnte. Angesichts meiner Einsamkeit, vielleicht auch meiner Schüchternheit, versprach der Kellner, mich mit Getränken und Essen zu versorgen.

Ich sah Nadine nirgendwo. Ihren Vater, dem ich nie begegnet war, hätte ich nicht erkennen können. Es kamen weiter Leute. Man stellte eilig weitere Tische und Stühle auf. Meine Aufmerksamkeit erregten zwei Offiziere, die einen großen Polstersessel in eine Laube auf der Terrasse trugen. Sie war mit Kletterpflanzen berankt, an denen schwere malvenfarbene Trauben hingen. Sirenen ertönten, dann entstand ein Gemurmel auf der großen Plattform. Alle Anwesenden erhoben sich und applaudierten. Ich erblickte den Präsidenten inmitten von Offizieren. Er nahm auf dem für ihn bestimmten Sessel Platz. Lautsprecher, die bis dahin geschwiegen hatten, damit die Kapelle zu hören war, spielten nun in voller Lautstärke die Präsidentenhymne. Ich war verblüfft von dem Schauspiel. Meine Mutter würde mir nicht glauben, wenn ich ihr erzählte, dass der Präsident zu Nadines Feier gekommen war. Der Vater meiner Freundin war eine mehr als einflussreiche Person. Der Präsident gab ein Zeichen, dass man sich wieder setzen sollte, und alle klatschten erneut. Ich verstand nicht, warum es derart viel Beifall gab. Die Lautsprecher stimmten das traditionelle *happy birthday* an, und Nadine erschien, hinreißend in ihrem langen, blauen Seidenkleid, am Arm eines Mannes. Ihr Vater! Die Ähnlichkeit war frappierend. Vater und Tochter verneigten sich vor dem Präsidenten der Republik, der Nadine die Hand küsste. Als wäre an alles gedacht worden, näherte sich ein Offizier mit einem großen Geschenkpaket, das er dem Präsidenten übergab. Dieser stand auf und sagte mit näselnder Stimme wie sein Vater: »Dieses Geschenk für meine Patentochter, Mademoiselle Nadine Alphonse, ist auch eine Hommage an ihren Vater, den unschätzbaren Verteidiger unseres Vaterlands und unserer Revolution, Monsieur Odard Alphonse.« Der Präsident drückte Nadine an sich, bevor er ihr unter den gerührten Ovationen der Anwesenden das Geschenk überreichte. Ich war der Freund der Patentochter des Präsidenten der Republik! Ich konnte es nicht fassen, fast wurde mir schwindelig. Im Moment allerdings stand ich im Hintergrund, war unbekannt, niemand bemerkte meine Anwesenheit. Ein weiteres Mal schwor ich mir, dass ich eines Tages als großer, angehimmelter Musiker bekannt sein würde. Ich würde auf einer Bühne stehen, meine Geige das Publikum zu meinen Füßen in Schwingungen und ein Offizier in Galauniform mir einen Blumenstrauß überreichen. Der Kellner brachte mir einen reich gefüllten Teller, den er für mich zusammengestellt hatte, und ein großes Glas Fruchtsaft. Monsieur Alphonse und seine Tochter gingen zwischen den Gästen hindurch. Nadine erhielt weitere Geschenke. So viele, dass sie sie einem Mädchen übergab, das ihnen folgte. Es war nicht ihre Schwester, denn sie hatte nie eine Schwester erwähnt. Sie beklagte sich immer: »Einzelkind zu sein, hat seine Vorteile, aber auch seine Nachteile. Man hat keine Geschwister, denen man sich anvertrauen kann, an denen man seine Wut auslassen kann, wenn man zornig ist. Ein kleiner Bruder oder eine kleine Schwester zum Necken ist gut, damit lernt man, seine Autorität auszuüben.« Nadine war die Königin dieses Abends. Der Präsident gewährte ihr sogar einen Tanz, und meine Freundin machte auch dabei eine gute Figur. Wieder Beifall, als der Tanz zu Ende war! Die Worte des Automaten in der Höhle des Zwergs fielen mir wieder ein. Vielleicht hatte ich eine Ansammlung von Automaten vor mir, die darauf programmiert waren, jedes Wort und jede Geste des jungen Präsidenten zu beklatschen. Nadine bemerkte mich wohl in diesem Moment, denn sie entfernte sich von den Leuten, die um sie herumstanden, und kam auf mich zu. Sie hatte alle Geschenke dem Mädchen übergeben, das ihr folgte, nur nicht das des Präsidenten, das sie in einer Art Verzückung in den Händen hielt. Mir war klar, dass dieses Geschenk in ihren Augen einen besonderen Wert hatte.

»Adrien! So ganz allein wie ein Ausgesetzter auf einem so schönen Fest!«

Meine Kehle war zugeschnürt, so bezaubernd war sie. Ihr Parfum erregte mich, machte mich schwindelig. Würde ich sie oder eine Violine wählen, wenn ich wählen müsste? Ich hielt diesen Gedanken für unangebracht.

»Ich kenne niemanden«, entschuldigte ich mich. »Herzlichen Glückwunsch, Nadine. Darf ich dich küssen?«

Sie hielt mir die Wange hin. Mein Gott! Wie sanft ihre Haut war! Ihr Duft bereitete mir Qualen. Das Herz schlug mir bis zum Hals.

»Komm! Ich stelle dich meinem Vater vor.«

Sie nahm mich am Arm und machte sich auf die Suche nach ihrem Vater, sah ihn aber nirgendwo. Auch der Präsident war verschwunden, seinen Sessel bewachten zwei Offiziere.

»Sie sind sicher im Salon. Komm mit.«

Ich sträubte mich.

»Nadine! Dein Vater ist gerade mit dem Präsidenten zusammen!«

Sie lachte auf.

»Er ist mein Pate, Adrien!«

Sie führte mich einen Flur entlang, der an einer großen Glastür endete. Ich trat mit Nadine in eine große Bibliothek, wie ich sie noch nie gesehen hatte. Unzählige Regale mit ordentlich aufgeräumten Büchern. Ich mochte diesen Geruch nach Papier und Holz. Ich hörte ein Gespräch. Nadines Vater und der Präsident unterhielten sich wie zwei gute Freunde.

»Papa ... ich stelle dir Adrien Chanson vor. Meinen besten Freund. Ich habe dir oft von ihm erzählt.«

Nadines Vater reichte mir mit breitem Lächeln die Hand.

»Sehr erfreut, den besten Freund meiner Tochter kennenzulernen. Sie sagt, du bist ein Junge von außergewöhnlicher Intelligenz.«

Ich wusste nicht, was ich antworten sollte. Der Präsident sagte nichts. Er lehnte an einem Schreibtisch und schien aufmerksam in einer Zeitschrift zu lesen, wobei er dafür sorgte, dass das Titelblatt nicht zu sehen war. Nadines Vater wandte sich an ihn:

»Exzellenz, darf ich Ihnen den besten Freund Ihres Patenkindes vorstellen. Adrien Chanson! Ein junger Mann, der uns sehr von Nutzen sein wird.«

Der Präsident musterte mich eingehend, ohne die Zeitschrift

abzulegen.

»Wenn du der beste Freund meines Patenkindes bist, bist du auch mein Freund.«

»Gewiss«, stammelte ich und vergaß »Eure Exzellenz« hinzuzufügen.

»Hast du einen Traum?«, fragte der Präsident, über den Protokollverstoß hinwegsehend, »einen Wunsch, den du erfüllt haben möchtest?«

Ich atmete schneller. Nadine ergriff meine Hand und drückte sie sehr fest.

»Eine Violine, damit ich den Unterricht bei Monsieur Benjamin fortsetzen kann«, antwortete ich. »Ich will ein so großer Geiger werden wie er.«

Ein böser Glanz erschien im Blick des Präsidenten.

»Dieser Monsieur Benjamin! Es stimmt, dass er ein großer Geiger ist. Nur dass seine Zunge ein bisschen zu lose ist. Sie würde eine gute Mahlzeit für die Schweine abgeben, wenn er nicht der beste Freund meines Vaters gewesen wäre.«

Nadines Vater griff ein.

»Sobald er zurück ist, Exzellenz, führe ich ein Gespräch mit ihm. Er wird es einsehen.«

»Das will ich hoffen«, sagte der Präsident. »Meine Geduld und meine Großmut sind bald zu Ende. Was unseren Freund Adrien betrifft, sorg dafür, dass er seine Violine bekommt.«

Er legte die Zeitschrift hin und verließ, gefolgt von einem der als Leibwachen dort postierten Offiziere, die Bibliothek. Ich sah den Umschlag der Zeitschrift und ihren Titel: Union*.

»Nadine, geh nach draußen. Ich möchte allein mit deinem Freund sein.«

»Wir sehen uns, sobald du mit meinem Vater fertig bist, Adrien.«

Sie ließ uns allein. Ich war erneut in einer Situation, wie ich sie noch nie erlebt hatte. Der Horizont schien vor mir aufzuklaren. Ich hatte eine außergewöhnliche Freundin. Vielleicht würde ich sogar endlich einen Weg finden, mir meine Geige zu

---

*   In der Schweiz und in Frankreich erscheinendes Erotikmagazin.

beschaffen.

»Der Präsident mag Monsieur Benjamin nicht. Aber mach dir keine Sorgen. Ich verbürge mich für ihn. Es wird ihm nichts geschehen. Er ist ein Aushängeschild unseres Landes und einer der frühesten Unterstützer des Regimes.«

»Ich möchte so gern spielen können wie Monsieur Benjamin«, sagte ich mit heiserer Stimme.

»Wenn du bereit bist, uns zu helfen, bekommst du das Geld für deine Geige.«

»Wie kann ich Ihnen helfen?«

Er öffnete einen kleinen Kühlschrank und entnahm ihm eine Flasche Bier, so kalt, dass sie von Reif bedeckt war. Mir bot er eine Dose Coca Cola an.

»Setz dich«, sagte er und wies mir einen Sessel an. »Wir unterhalten uns ein wenig.«

Ich nahm Platz. Die Cola war die beste, die ich je getrunken hatte.

»Nadine hat mir gesagt, dass du Oberst Édouard regelmäßig triffst.«

Er bedeutete mir mit einer Handbewegung, dass ich nichts erwidern sollte.

»Ich weiß, du bringst ihm nur Nachrichten von Madame Nino. Monsieur Nino ist ein Freund der Regierung. Wir haben volles Vertrauen zu ihm. Seit das Unwetter bei der Beerdigung des Präsidenten in seinem Restaurant losgegangen ist, behandeln wir ihn mit noch mehr Rücksicht. Wir wussten nicht, dass er die Teufel von unserem Chef gehütet hat.«

Er schüttelte lächelnd den Kopf.

»Was für ein Land! Da verkehrt man jahrelang mit jemandem und weiß nicht, was er im Verborgenen treibt. Monsieur Nino geht es genauso. Er ahnt nicht, was seine Frau hinter seinem Rücken aussheckt. Sie wollten sich scheiden lassen, aber er hat es sich plötzlich anders überlegt. Das kann ihm schwer schaden. Sehr schwer! Manche behaupten, dass seine Frau die Dienste eines Hexers in Anspruch nimmt. Kurz und gut, was wir wollen, ist, dass du uns den nächsten Umschlag in die Hände spielst, den Madame Nino dir für Oberst Édouard gibt.«

»Was soll ich Oberst Édouard sagen? Madame Nino wird

erfahren, dass ich ihm nichts übergeben habe. Sie wird ihn informieren.«

Monsieur Alphonse sah mich lächelnd an.

»Wir kennen deinen Weg, wenn du von Ninos Restaurant losgehst. Wir nehmen dich mit dem Auto mit. Du verspätest dich gerade mal um zehn Minuten. Wir haben unsere Spezialisten. Sie öffnen den Umschlag, um den Inhalt zur Kenntnis zu nehmen, und versetzen ihn wieder in seinen ursprünglichen Zustand. Du musst ihn dann nur Oberst Édouard übergeben. Als wäre nichts geschehen.«

»Wird Madame Nino nichts passieren?«

Nadines Vater wunderte sich über meine Frage.

»Wir wollen nur unseren Freund Nino schützen. Es ist Zeit, dass er sich entscheidet, und wir müssen ihm den Beweis für die Untreue seiner Frau liefern.«

Er stand auf.

»Ich sage das immer zu meiner Tochter: Eine Frau muss zuallererst treu sein.«

Sein letzter Satz ließ mich erschauern. Es war zu spüren, dass er ein brutaler Mensch war. Er hatte seine Frau und deren Liebhaber kaltblütig ermordet. Wenn er sich in seinem Stolz verletzt fühlte, hielt ihn wahrscheinlich nichts auf.

»Ich helfe Ihnen, Monsieur Alphonse«, brachte ich dennoch hervor.

Er verbarg seine Befriedigung nicht.

»Was die Geige betrifft, so hast du mein Einverständnis. Ich halte immer mein Wort. Geh zu den anderen Gästen, bediene dich an den Speisen und Getränken. Aber ein Ratschlag: Das muss unter uns bleiben. Nadine darf nichts davon wissen.«

Glücklich und voller Unbehagen kehrte ich nach Hause zurück. Als einer der wenigen Gäste hatte ich das luxuriöse Heim der Familie Alphonse zu Fuß verlassen. Zu dieser späten Stunde gab es kein Taxi, aber es gefiel mir, nun den Puls der Stadt zu spüren. Ich sog alle Gerüche ein. Achtete auf jeden Widerhall. Nadine hatte mich bis zum Tor begleitet, aber sie war mir fern, distanziert vorgekommen. Ich hatte das auf die Müdigkeit geschoben. Sie war an diesem Nachmittag und einen großen Teil des Abends wirklich stark in Anspruch genommen worden. Alle anwesenden Mädchen waren bestimmt neidisch auf sie gewesen. Welches von ihnen träumte nicht davon, dass der Präsident der Republik ihr einen Tanz gewährte? Meine Mutter erwartete mich stehend auf der Terrasse, beunruhigt, weil ich seit zwei Stunden zurück sein sollte. Ich erklärte ihr, dass der Präsident der Republik auf Nadines Fest gewesen war und nach dem geltenden Protokoll niemand vor ihm gehen durfte. Sie machte große Augen, als ich ihr erzählte, dass ich dem jungen Präsidenten vorgestellt worden war. Natürlich sagte ich ihr nichts von meinem Gespräch mit Nadines Vater und seinem Versprechen, mir eine Geige zu besorgen, wenn ich ihn den nächsten Brief sehen ließ, den Madame Nino mir anvertraute.

Ich weiß nicht, ob ich in dieser Nacht gut oder schlecht geschlafen habe, aber ich wachte zweimal auf und hatte das Gefühl, dass der Ehering an meinem Finger mich brannte. Vergeblich versuchte ich ihn abzunehmen. Vielleicht waren meine Finger angeschwollen. Auf die Gefahr hin, meine Mutter zu wecken, die mich dann nach dem Grund meiner Unruhe gefragt hätte, ging ich in die Küche und bestrich meinen Finger um den Ring herum mit Öl. Er ging nicht ab. Schließlich legte ich mich wieder ins Bett und fand erst am frühen Morgen wieder Schlaf.

Meine übliche Routine setzte wieder ein. Nadine kam im Laufe des Tages vorbei und arbeitete zwei Stunden mit mir. Meine

Mutter schlich um uns herum, um uns von allen »Abartigkeiten« abzuschrecken, konnte aber rasche Berührungen nicht verhindern, für die sie den Himmel angerufen hätte, auf dass er ihren Sohn vor der Verdammnis bewahre. Am Nachmittag kam uns mein Vater besuchen. Er blieb länger als gewöhnlich und wirkte weniger gesprächig. Er sagte zu meiner Mutter, im Land bahnten sich große Ereignisse an. Wir müssten uns entsprechend organisieren. Als meine Mutter ihn fragte, welcher Art die Ereignisse waren, denn um sich auf sie vorzubereiten, müsste man eine Vorstellung von ihnen haben, hüllte er sich in verlegenes Schweigen wie ein ertapptes Kind. Meine Mutter empfahl ihm, sich nicht mit Politik abzugeben: »Alles Gauner, die nichts anderes im Sinn haben, als sich auf unsere Kosten zu bereichern. Pass auf dich auf, Charles. Wenn du diesem Land helfen willst, dann denk vor allem an deine Schüler, an die Jugend. Denk an uns. Denk an Adrien, der dich braucht.« An diesem Abend rief mein Vater mich zu sich, als meine Mutter sich entfernte, um das Essen vorzubereiten. Er drückte mich sehr fest an sich: »Falls mir eines Tages etwas passiert, dann sollst du wissen, dass ich dich sehr geliebt habe, mein Sohn.« Tränen traten in seine Augen.

Es war nicht die kalte, raue Hand des Automaten, die mich wachrüttelte, sondern die Hand meiner Mutter. Ich öffnete die Augen, streckte mich, gähnte. Meine Mutter hatte bereits die Fenster weit geöffnet, und die Sonnenstrahlen fluteten in mein Zimmer. An die vielfältigen Geräusche der Straße war ich so gewöhnt, dass ich sie nicht mehr wahrnahm.

»Steht auf«, drängte meine Mutter. »Madame Nino will dich sehen. Sie wartet in ihrem Auto auf dich.«

Ich sprang aus dem Bett, zog rasch eine Jeans und ein T-Shirt an und fuhr mit den Füßen in eines meiner zahlreichen Paare von Sandalen. Ein schneller Gang ins Bad, um mir ein wenig das Gesicht zu waschen, und ich eilte zu Madame Nino. Ich fühlte mich wohl an diesem Morgen. Kein Alptraum hatte meinen Schlaf gestört. Der Ehering hatte nicht an meinem Finger gebrannt. Ich hätte mich bei Nadine erkundigen sollen, ob ihr dasselbe passiert war.

»Guten Morgen, Madame Nino«, grüßte ich, als ich sie erblickte.

»Komm näher, Adrien«, sagte sie.

Ich gehorchte. Sie drückte mir einen Umschlag in die Hand.

»Der ist noch wichtiger. Édouard muss ihn erhalten, bevor er zur Kaserne aufbricht. Steck ihn in die Tasche.«

»Schon so gut wie erledigt, Madame Nino.«

Sie hielt mich an der Hand zurück. Ihre Augen leuchteten auf.

»Adrien, es ist nicht, was du glaubst.«

»Ich verstehe nicht, Madame Nino.«

»Die Dinge können so schwierig und gefährlich sein, dass man sich für etwas ausgeben muss, was man nicht ist. Du wirst es einmal verstehen.«

Sie ließ meine Hand los.

»Auf!«

Sie gab mir die üblichen zwei Fünf-Gourde-Scheine und warf mir im Losfahren ein von Traurigkeit vollständig umhülltes Lächeln zu. Es kam mir vor, als hätte sie eine Träne im Augenwinkel. Ich ging nach Hause, um mich umzuziehen. Meine Mutter wollte wissen, warum Madame Nino mich unbedingt hatte sprechen wollen. Ich log, ich müsste einer Freundin von ihr im Stadtzentrum eine wichtige Nachricht überbringen.

»Ich traue dieser Frau nicht. Sie hat sicher ihren Mann verhext, damit er nicht merkt, dass sie untreu ist.«

Monsieur Nino ist ein zu guter Mensch, als dass ihm so etwas passieren dürfte, dachte ich. Von seiner Frau betrogen zu werden! Ich schlang mein Frühstück hastig herunter und brach eilig zu Oberst Édouard auf. Schon nach wenigen Minuten hielt ein altes Auto neben mir und eine Tür öffnete sich.

»Steig ein«, sagte eine Stimme.

Es war Nadines Vater. Ich stieg ins Auto, das losfuhr. Außer dem Chauffeur waren noch zwei weitere Männer an Bord.

»Gib mir den Umschlag«, befahl Monsieur Alphonse.

Ich durfte nicht mehr zögern. Ich händigte ihm den Umschlag aus. Er reichte ihn an den Mann neben dem Fahrer weiter. Ich sah, wie der einen Koffer öffnete, aber nicht, was er dann mit dem Umschlag anstellte. Es dauerte kaum einige Minuten.

»Alles okay, Chef.«

Nadines Vater gab mir den Umschlag zurück. Nichts deutete darauf hin, dass er geöffnet und manipuliert worden war.

»Tu, als wäre nichts geschehen, Adrien«, empfahl mir Monsieur Alphonse. »Wenn du uns wirklich geholfen hast, bekommt du deine Violine.«

Er öffnete die Tür, und ich stieg aus. Der Wagen fuhr mit dem Dröhnen eines altersschwachen Motors an. Ein so mächtiger Mann wie Nadines Vater! Er wollte unbemerkt bleiben. Es war Zeit, mich zu Oberst Édouard zu begeben. Ich kam gerade rechtzeitig. Man öffnete bereits das Tor, damit er heraustreten und in seinem blitzenden Chevrolet Platz nehmen konnte. Er riss mir den Umschlag aus der Hand.

»Heute siehst du nicht gut aus, mein Junge«, bemerkte er, während er in sein Auto stieg.

»Ich habe ein bisschen Fieber«, log ich.

»Sag deiner Mutter, sie soll dir einen guten Kräutertee machen«, rief er mir zu, während sein Wagen losfuhr.

Ich sah zu, wie der Chevrolet sich entfernte. Aus einem uner-
findlichen Grund begann ich zu schwitzen, als hätte ich tatsächlich Fieber.

An diesem Tag musste ich nachmittags nicht im Restaurant arbeiten. Nadine besuchte mich. Sie kam nie in einem der luxuriösen Autos ihres Vaters. »Mein Vater mag schöne Autos, aber er hat mir beigebracht, dass es sicherer ist, nicht aufzufallen. Also bewege ich mich im Taxi oder zu Fuß fort.« Aus diesem Grund wissen nur wenige Schüler im Gymnasium, dass sie die Tochter eines der mächtigsten Männer des Landes ist. Wir arbeiteten zwei gute Stunden, und zum ersten Mal ließ der Überwachungseifer meiner Mutter nach. Vielleicht war sie müde aus Sorge um meinen Vater. Wie sie mir gestanden hatte, verdächtigte sie ihn gewisser politischer Aktivitäten, die sein Leben gefährden konnten. Nadine und ich flüchteten uns in mein Zimmer, und zum ersten Mal liebten wir uns in völliger Freiheit, erkundeten unsere Körper vollständig und gaben uns rückhaltlos den Freuden des Sex hin. Sie schlief einige Minuten in meinen Armen ein und schreckte dann hoch.

»Mein Gott! Was haben wir getan?«, rief Nadine.

Sie war so sanft, so bezaubernd in meinen Armen.

»Wir haben uns geliebt«, sagte ich.

Wir küssten uns voll Inbrunst. Besser als mein Vater und meine Mutter, dachte ich.

Nadine machte sich zärtlich von mir los.

»Ich muss gehen, Adrien. Die Straßen sind heute Abend nicht besonders sicher.«

»Woher weißt du das?«

»Du musst ein Geheimnis bewahren. Bist du dazu fähig?«

»Das bin ich«, antwortete ich nachdrücklich.

»Ich weiß nicht, was ich von der Tätigkeit meines Vaters halten soll. Ich bin nicht informiert über das, was er macht. Wenn ich ihn frage, antwortet er nur, dass er für die Sicherheit des Präsidenten sorgt. Sag, Adrien, ist es etwas Schlimmes, für die Sicherheit eines Präsidenten zu sorgen?«

Außer wenn dieser Präsident ein Verrückter und ein Mörder ist, wie mein Vater und der verstorbene Decayou behaupteten. Aber ich brachte es nicht übers Herz, Nadine weh zu tun.

»Nein ... Das ist nichts Schlimmes.«

»Man hält mich für ein verwöhntes, hirnloses Mädchen, das nur sein Vergnügen im Kopf hat.«

Sie wirkte plötzlich traurig.

»Ich kann verstehen, dass mein Vater mir in meinem jungen Alter gewisse Dinge verschweigt. Ich habe ein Gespräch zwischen ihm und zwei von seinen Mitarbeitern mitgehört. Sie haben erfahren, dass Opponenten, darunter Oberst Édouard, letzte Hand an ein Komplott legen, um den Präsidenten zu ermorden. Sie treffen sich heute Abend ab sieben Uhr in einer protestantischen Kirche in der Rue Alerte.«

Der Name von Oberst Édouard ließ mein Herz schneller schlagen. Ich spürte, wie der Boden unter meinen Füßen schwankte.

»Aber warum sollte jemand meinen Paten umbringen wollen?«, fuhr Nadine fort. »Er ist so nett, und er ist doch gerade erst Präsident geworden.«

Es tröstete mich, nicht der einzige Naive auf dem Planeten zu sein.

»Vergessen wir die Politik, Nadine«, sagte ich, jetzt sehr verlegen. »Denken wir an uns.«

Sie küsste mich und schaute dann auf die Uhr.

»Schon sechs Uhr! Ich muss zurück nach Hause. Man weiß nicht, was passieren kann. Sag niemandem etwas davon, Adrien. Es ist gefährlich.«

»Ich sage niemandem was. Versprochen.«

Ich brachte sie zur Tür. Sie rief ein Taxi, einen alten Buick, der eine schwärzliche Rauchfahne hinter sich herzog. Warum fühlte ich nach diesem schönen Nachmittag mit Nadine plötzlich eine Beklemmung, als hätte ich die allerschwerste Verfehlung begangen? Sicherlich, weil Nadine mir gerade mitgeteilt hatte, dass Oberst Édouard an einer Verschwörung gegen den Präsidenten beteiligt war. Ein Satz von Madame L'Ange fiel mir wieder ein: »Manchmal kann der Wille mörderisch werden.« Ohne Wille kommt man jedoch zu nichts. Ich blieb einen Moment auf dem Bürgersteig stehen, sah, gestützt auf das Mäuerchen, den Vorübergehenden zu und versuchte, in dieser ziellosen Beobachtung unbestimmte Befürchtungen zu verjagen. Ich ließ alles Revue passieren, was ich getan und erlebt hatte, seit Monsieur Nino mich den Klauen des Zwergs entrissen hatte, und suchte nach dem Fehler, dem Irrtum, nach der Dummheit, durch die man die Partie verliert und den König umlegen muss. Schach und Matt! Der verdächtige, zweifelhafte Zug war die Übergabe des Umschlags an Monsieur Alphonse. Hatte das mit dieser Verschwörungsgeschichte zu tun? Der Vater meiner Freundin hatte nur von Madame Ninos möglicher Untreue gesprochen. Mir kamen ihre letzten Worte vor meinem Abschied wieder in den Sinn:

»Adrien, es ist nicht, was du glaubst.«

»Ich verstehe nicht, Madame Nino.«

»Die Dinge sind so schwierig und gefährlich, dass man sich für etwas ausgeben muss, was man nicht ist. Du wirst es einmal verstehen.«

Man hatte mich absichtlich belogen. Man hatte meinen Wunsch, den Geigenunterricht bei Monsieur Benjamin fortzusetzen, ein weiteres Mal, diesmal zu einem anderen Zweck, ausgenutzt. Ich ging ins Haus zurück. Meine Mutter hatte mein Abendessen bereits serviert. Einen Bananenbrei, wie ich ihn liebe. Vom Duft hätte mir das Wasser im Mund zusammenlaufen sollen, aber ich hatte eine beginnende Migräne und Magenkrämpfe. Der Gedanke an den Umschlag, den ich Odard Alphonse ausgehändigt hatte, wurde zum glühenden Eisen in meiner Brust. Meine Mutter setzte sich mir gegenüber.

»Denkst du oft an deinen Vater, Adrien?«

Warum fragte sie mich das? Ich antwortete nicht.

»Ich bin sicher, du würdest dir wünschen, dass er hier bei uns ist, jeden Morgen, jeden Abend, hier an diesem Tisch, und uns mit seinem manchmal eigenartigen Humor verzaubert.«

Sie zog ein Papier aus einer Tasche ihres Kleides. Tränen traten in ihre Augen.

»Ich fürchte, dein Vater hat sich auf ein gefährliches Unternehmen eingelassen. Ob wir ihn eines Tages wiedersehen?«

Ich war schweißgebadet. Ich zitterte. Meine Mutter bemerkte es nicht.

»Was ist das für ein Papier, Mama?«, brachte ich heraus. »Von wem ist der Brief?«

»Jemand hat ihn mir heute Morgen gebracht.«

Sie unterdrückte ein Schluchzen und begann zu lesen.

»Marthe! Heute Abend versammeln sich einige Genossen und ich. Wir treffen die letzten Vorkehrungen, um der blutrünstigen Regierung, die sich dieses Land angeeignet hat, als wäre es ihr Privatbesitz, einen harten Schlag zu versetzen. Wir sind sicher, dass der Allmächtige, unser einziger Gott, uns unterstützt. In der Kirche, in der wir uns treffen, werden wir ihn noch einmal um seine Hilfe anrufen, damit unsere Herzen und Arme nicht schwach werden. Ich liebe dieses Land in meinem Fleisch und spüre in meinem Innersten den Schmerz der Wunden, die man ihm zugefügt hat. Diese Wunden müssen mit Eisen und Feuer ausgebrannt werden. Sollte mein Blut fließen, wird dies wohl nicht genügen, den Baum der Freiheit wachsen zu lassen, von dem wir alle träumen, aber es wird die Samen nähren, die so viele von uns seit der Ermordung unserer wahren Anführer vor der Unabhängigkeit in unsere Erde gelegt haben. Vergieße keine Tränen. Sei stark für unser Haiti. Sei stark für Adrien, unseren Sohn. Der Mann, der dich immer geliebt hat, Charles«.

Einige Sekunden war ich gelähmt. Was meine Mutter gerade gelesen hatte, war ein Sturm, der mich in der Vorhölle herumwirbelte, um mich dort, in diesem Zimmer, zu zerschmettern. Ich rief mir die Szene der Ermordung meines Vaters vor einer Kirche in der Rue des Tentations ins Gedächtnis zurück. Nadine hatte von einer Kirche gesprochen. Sie hatte mir sogar den Namen der Straße genannt, in der sie lag. Ich stand so rasch auf, dass der Stuhl umfiel, und stürzte aus dem Haus, während meine Mutter mir hinterherrief: »Adrien, was hast du? Wohin willst du? Komm zurück!« Ich hörte ihre Fragen nicht mehr. Ich rannte über die Straße und wäre fast von einem Lastwagen überfahren worden, der gerade noch bremsen konnte. Ich lief aus Leibeskräften so schnell ich konnte, was meine Beine und meine Lungen hergaben.

Mein Gott! Es war vielleicht schon sieben Uhr. Ich musste rechtzeitig anlangen. Ich schluchzte, ich erstickte, konnte aber das Tempo halten. Leute, die mich vorbeilaufen sahen, dachten sich mit betrübter Miene, der Junge habe eine Nachricht erhalten, die seinen Geist verwirrt habe. Die Rue Alerte war am Ende der Avenue, die ich mit meiner letzten Energie entlangkeuchte. Meine Lungen brannten. Ich geriet außer Atem und musste einen Moment stehenbleiben, es war das einzige Mittel, weiterzukommen. Ich hörte Schüsse. Als ich den Kopf hob, sah ich den schwärzlichen Rauch eines Brandes. Ein Jeep voller bewaffneter Milizionäre kam vorbei. Menschen flohen in alle Richtungen; schweigend wie Automaten weigerten sie sich, zu sagen, was ihnen solchen Schrecken einjagte. Ich konnte wieder loslaufen, spürte meine Beine nicht mehr. Die Rue Alerte! Ich humpelte vorwärts. Vielleicht hatte ich mir in meinem irrwitzigen Lauf, ohne es zu merken, einen Knöchel geprellt oder verstaucht. Ich sah ein brennendes Gebäude. Ein Schild fing Feuer. Ich las darauf: »Kirche des neuen Lebens«. Milizionäre schleppten Menschen aus der Kirche. Sie legten sie auf den Boden und schossen ihnen in den Kopf. Ich sah niedergeschlagen, wie Madame Nino in Handschellen brutal zu einem Jeep gestoßen wurde. Sie war blutüberströmt von den Knüppelschlägen, die man ihr versetzte. Mein Vater wehrte sich verzweifelt gegen zwei *tontons macoutes*. Man zwang ihn mitten auf der Straße auf die Knie. »Das ist mein Vater!«, schrie ich, »das ist mein Vater!« Vernahm er meine Stimme? Er drehte sich in meine Richtung, streckte seine Hand zu mir aus. Wie in der Rue des Tentations kam es mir vor, als wollte er mit mir sprechen. Einer der Milizionäre hielt meinem Vater den Lauf seiner Waffe an die Schläfe und drückte ab.

Ich irrte wohl die ganze Nacht durch die Straßen der Stadt. Ich wusste nicht mehr, wer ich war, wohin ich ging, was mir geschehen war. Was ich diese Nacht tat und wem ich dabei begegnete – welchen Personen, die die Finsternis zum Ort ihrer Freuden machen –, weiß ich nicht und werde ich nie wissen. Man fand mich am Mittag des folgenden Tages wirr redend und zitternd vor Fieber in der Rue des Tentations vor dem Tor einer Kirche. Eine Freundin meiner Mutter erkannte mich. Barmherzige Seelen halfen ihr, mich nach Hause zu bringen. Mehrere Tage war ich nicht bei Sinnen. Ich phantasierte, und meine Mutter musste sich an Tante Gisèle wenden, die ihrer Schwester ein weiteres Mal aus Guyana zu Hilfe eilte. Nach und nach kam ich wieder zu mir und aß mühsam. Jede Nacht suchte mich der gleiche Alptraum heim: Jemand spielte Geige, aber nicht ich. Es war immer Monsieur Alphonse, Nadines Vater. Ein Heer von Ratten folgte ihm. Monsieur Alphonse bewegte sich auf das Meer zu, ging über das Wasser, und die Ratten, die ihm nachliefen, ertranken. In diesem Alptraum war ich eine Ratte. Ich versuchte verzweifelt, aus der sich ins Meer stürzenden Masse zu entkommen. Die anderen hinderten mich daran, und ich fiel ins schmutzige Wasser, wo ich ertrank, ohne schreien zu können. Erst im letzten Moment kehrte ich atemlos in die Wirklichkeit zurück. Ich brauchte einige Sekunden, bis ich wieder Luft bekam. Meine stets besorgte Mutter, die neben mir schlief, schlug mir kräftig auf den Rücken, da sie fürchtete, irgendetwas sei mir in der Kehle stecken geblieben und drohe mich zu ersticken.

Als es mir langsam besser ging, teilte sie mir mit, dass mein Vater vermisst war. Sie wusste nicht, ob er tot war, da niemand die Leiche gesehen hatte. Es ging das hartnäckige Gerücht um, mehrere Regimegegner seien bei einem Versuch, den Präsidenten zu ermorden, erschossen worden. Meine Mutter hielt es wohl für besser, mich vorerst nicht über den Abend zu befragen, an dem ich aus dem Haus gelaufen war. Da sie die Leiche meines

Vaters nie zu Gesicht bekam, trug sie keine Trauerkleidung, legte aber Wert darauf, ihren Schmerz würdig zu zeigen. Nie rann eine Träne über ihre Wangen, aber man sah sie nicht mehr lächeln, und sie ging nie mehr zu Kulturveranstaltungen aus. Es kamen sie weniger Leute besuchen, und sogar Madame Jeannette machte sich rar. Ich begriff, dass man kein besonders guter Umgang ist, wenn man die Frau eines Regierungsgegners gewesen ist. Von meinem Zimmer aus hörte ich eines Morgens sogar, wie jemand mit meiner Mutter sprach und ihr sagte, Monsieur Nino habe verhindert, dass die *tontons macoutes* sich an ihr vergriffen. Ich erfuhr ebenfalls, und das war ein weiterer schwerer Schock für mich, dass man Madame Nino, die wie mein Vater in der Kirche festgenommen worden war, nicht sofort erschossen hatte. Man hatte sie in die Kaserne gebracht und dort verlangt, dass ihr Mann sie selbst exekutierte und so der Revolution ein neues Unterpfand seiner Aufrichtigkeit gab.

Meine Mutter war froh, als ich nach zwei Wochen zum ersten Mal beschloss, ein wenig nach draußen zu gehen. Auf der Straße wurde mir schwindelig. Ich ging langsam. Vor dem geschlossenen Restaurant ging Monsieur Nino mit aufgewühltem Gesicht auf und ab. Hin und wieder blieb er stehen, richtete die beiden Zeigefinger auf einen imaginären Feind und versuchte, Revolverschüsse zu imitieren. Jedes Mal zwang Annette ihn, wieder auf seinem Schaukelstuhl Platz zu nehmen, aber er entkam ihren Händen und begann wieder von vorn. Schließlich war er bereit sich zu setzen und brach mit abwesendem Gesichtsausdruck in irres Gelächter aus. Annette servierte ihm einen Kaffee. Er schüttete sich die Flüssigkeit, die wohl nicht zu heiß war, über den Schädel. Sie säuberte liebevoll und resigniert Monsieur Ninos Gesicht und seine Kleider, bevor sie ihm einen neuen Kaffee brachte. Annette führte ihm selbst die Tasse an die Lippen, bis er sie ausgetrunken hatte. Anschließend wischte sie ihm sorgsam den Mund ab. Ich trat näher. Als sie mich erblickte, verzerrte plötzliche Wut ihr Gesicht.

»Hau ab, Adrien!«, schrie sie. »All das ist sicher deinetwegen passiert.«

Monsieur Nino machte Bewegungen wie ein Ertrinkender. Er versuchte zu sprechen, stieß aber nur ein tierisches Grunzen aus. Vielleicht wollte er Annette auffordern, sich zu beruhigen. Beschämt und mit gesenktem Kopf trat ich den Rückweg an.

Nadine kam mich nicht mehr besuchen. Ich wünschte sie auch nicht wiederzusehen. Ich dachte nur an den Ehering an meinem Finger. Er war immer noch da. Hatte meine Mutter versucht, ihn zu entfernen, als ich im Fieber lag? Ich würde ihr die Frage nicht stellen, aber ich musste ihn loswerden, selbst wenn ich mir dafür den Finger abschneiden musste. Meine Mutter hatte mit ihrem Misstrauen gegen Nadine Recht gehabt. Ich war vermutlich so naiv wie mein Vater. Er hatte mich, auch nachdem er wusste, wer Nadines Vater war, dazu ermutigt, die Freundschaft mit dem Mädchen aufrechtzuerhalten, eine Freundschaft, die sich sichtlich in Verliebtheit wandelte.

Ich ging gern allein durch die Straßen. Das ersparte mir das Alleinsein mit meiner Mutter, die sicherlich irgendwann Erklärungen über den fatalen Abend verlangen würde. Ich litt an ständigen Migränen und Gedächtnisstörungen, von denen ich meiner Mutter nichts sagte. Mehrmals wollte ich mich mit Putzmittel oder Insektiziden umbringen. Rattengift wäre angesichts meiner Erlebnisse geeigneter gewesen. Jedes Mal kam ich im letzten Moment beim Gedanken an den zusätzlichen Kummer, den das meiner Mutter bereiten würde, zu dem Schluss, dass ich für sie leben musste, um insbesondere durch mein Leid das Übel zu büßen, das ich verursacht hatte.

Eines Morgens hielt ein Auto vor mir. Eine Stimmte ließ mir das Blut gefrieren.

»Adrien!«

Durch das heruntergelassene Fenster der hinteren Tür erblickte ich Nadines Vater.

»Komm näher«, sagte er.

Sein Ton war so gebieterisch, dass ich auf ihn zuging. Er reichte mir einen Umschlag.

»Ich halte immer mein Wort. Dank dir konnten wir ein gefährliches Komplott vereiteln. Hier ist das Geld für die Geige. Monsieur Benjamin wird sich freuen, dich wiederzusehen.«

Ich nahm den Umschlag. Es war nicht mehr ich. Ich war ein Automat geworden. Geschaffen und programmiert von meinem Leid und auch meiner Naivität. Ich zerriss den Umschlag unge-öffnet vor Monsieur Alphonses Augen. Er blieb steinern.

»Unkraut wird von der Revolution ausgejätet«, drohte er. »Dass ihr am Leben seid, deine Mutter und du, verdankt ihr Nadine. Sie hat mich gewarnt: ›Wenn du Adrien anrührst, bringe ich mich um.‹ Halte dich ab jetzt von ihr fern. Das ist eure Lebens-versicherung.«

Ich hätte ihm ins Gesicht spucken können, wenn das alte Auto, in dem er sich versteckte, nicht sofort losgefahren wäre.

Meine letzte Begegnung mit Monsieur Alphonse war der Grund für das Fieber, das mich noch vier Tage verbrannte. Mit viel Umschlägen, Kräutertees und Gebeten zur heiligen Mutter Maria besiegte meine Mutter das verzehrende Feuer in mir. Am fünften Tag ging es mir allmählich besser. Am Nachmittag kam sie mit einer Nachricht, ihr Gesicht strahlte zum ersten Mal:

»Da ist Besuch, über den du dich freuen wirst, Adrien.«

Bevor ich sie fragen konnte, wer es war, öffnete sie die Tür meines Zimmers weit.

»Sie können reinkommen, Monsieur Benjamin.«

Monsieur Benjamin schwenkte mit breitem Lächeln ein schönes schwarzes Etui, das er am Stiel hielt.

»Adrien! Mein bester Schüler! Ich habe dich nicht vergessen, ich habe dir eine wundervolle Geige gekauft. Ich erwarte dich in meinem nächsten Kurs.«

Tessert, Cayes-Jacmel, 20. November 2022

GARY VICTOR bei Litradukt

Der magische Pfad

Persée Persifal, einer der wenigen Gerechten im Lande, fällt einem Anschlag zum Opfer und droht zum Zombie gemacht zu werden. Entschlossen, ihn zurückzuholen, begibt sein Freund Sonson Pipirit sich auf den Pfad, auf dem die Untoten ihrer Bestimmung zugeführt werden. In einer Nacht durchquert er zwei Jahrhunderte haitianischer Geschichte, begegnet Göttern, Geistern und Dämonen, Helden und Schurken, besteht lebensgefährliche Abenteuer und erliegt ein ums andere Mal den Reizen schöner Frauen. Eine wilde Jagd in der Tradition des pikarischen Romans, in der Komik und Tragik, die diesseitige und die jenseitige Welt ineinander übergehen. Ein Buch, das man ohne Atempause in einem Zug durchliest.

362 S., Softcover, 24,00 €
ISBN: 978-3-940435-44-6

»*Seit der ›Handschrift von Saragossa‹ habe ich kein solch zaubergetränktes, phantasmagorisches Buch mehr gelesen.*«
Alf Mayer, *culturmag.de*

Mehr Informationen und Leseproben auf unserer Website

LITRA*f*DUKT.de

GARY VICTOR bei Litradukt

Die Zauberflöte

Wie konnte Dieusel Lapénuri, ein kleiner Beamter ohne besondere Fähigkeiten zum »Minister für moralische und staatsbürgerliche Werte« aufsteigen? Ausschlaggebend war wohl ein ungeahntes Talent, das ihn zum Liebling des Präsidenten macht, denn ohne es zu wissen, kennt Dieuseul Lapénuri das »Geheimnis des Flötenspielers« ... Der frischgebackene Minister wird seines Erfolgs jedoch nicht froh, denn der Präsident betraut ihn mit einem äußerst heiklen Dossier: dem ersten schwul-lesbischen Festival von Port-au-Prince. Die Auseinandersetzungen darum wachsen sich zur Staatsaffäre aus ...

Gary Victors bisher schärfste Satire. Eine schwarze Sittenkomödie über Sex, Macht, Korruption und Heuchelei.

178 S., Softcover, 14,00 €
ISBN: 978-3-940435-40-8

»*In einem Buch von Gary Victor langweilt man sich nie, und sein letztes, Die Zauberflöte, ist regelrecht irrwitzig.*«
Le Point, Paris

GARY VICTOR bei Litradukt

Schweinezeiten

Ein drückend heißer Sommer in Port-au-Prince. Inspektor Dieuswalwe Azémar betrachtet sich als gescheiterte Existenz. Da er sich der allgemeinen Korruption verweigert, gilt er als Versager, dem nur die Flucht in den Alkohol bleibt. Als das Leben seiner Tochter in Gefahr gerät, findet er jedoch seine Reflexe als Elitepolizist wieder und zieht mit seiner Beretta und viel Zuckerrohrschnaps in den Kampf gegen Bestechung und okkulte Machenschaften. Was verbirgt sich hinter der Kirche vom Blut der Apostel? Was hat der Traum seiner Tochter zu bedeuten? Und was ist das für eine seltsame Verwandlung, die mit seinem ehemaligen Assistenten vor sich geht? ...
Ein Voodoo-Krimi mit allen Zutaten, die Inspektor Azémar in Haiti zu einer Kultfigur machen. Je unwirklicher, desto realistischer.

Platz 8 der Krimibestenliste der ZEIT 2/2014.

Platz 3 der Litprom-Bestenliste *Weltempfänger* Nr. 22, Frühjahr 2014

130 S., Softcover, 11,90 €
ISBN: 978-3-940435-11-8

»Die grellen Farben der Verzweiflung, eine knochenmarkzerstörende Bitterkeit und das schrille Kichern des Deliriums sind die Zutaten, aus denen Gary Victor dieses 130-Seiten-Konzentrat großartiger Kriminalliteratur ausgekocht hat. Haiti überlebt!«
Tobias Gohlis, DIE ZEIT

Mehr Informationen und Leseproben auf unserer Website

LITRA*f*DUKT.de

GARY VICTOR bei Litradukt

Soro

Sofort nach dem Erdbeben erhält Inspektor Dieuswalwe Azémar einen neuen Auftrag von Kommissar Solon: Er soll herausfinden, mit wem die Frau des Kommissar in das stadtbekannte Stundenhotel gegangen ist, unter dessen Trümmern ihre Leiche gefunden wurde. Dumm nur, dass dieser Mann der Inspektor selbst war. Außerdem ist da der berühmte Maler, der angeblich dem Erdbeben zum Opfer gefallen ist. Zu den Gewissenskonflikten kommen seltsame Gedächtnisstörungen, und auch sein Lieblingsgetränk, der aromatisierte Zuckerrohrschnaps namens *soro*, hilft ihm diesmal nicht weiter...

140 S., Softcover, 11,90 €
ISBN: 978-3-940435-14-9

Platz 5 der Krimibestenliste der ZEIT Juni und Juli 2015

Platz 4 der Litprom-Bestenliste *Weltempfänger* Nr. 27, Sommer 2015

»Grandiose Phantasmagorie, dieses Buch. [...] Ist auch praktisch. Wenn einmal nämlich der Alkohol ausgeht [...], muss man nur an den Seiten schnüffeln.«
Elmar Krekeler, *Die Welt*

Mehr Informationen und Leseproben auf unserer Website

LITRA*f*DUKT.de

GARY VICTOR bei Litradukt

Im Namen des Katers

Inspektor Azémar macht sich auf Befehl seines Vorgesetzten widerwillig auf die Suche nach Georges, dem vermissten Kater einer Dame aus höchsten Kreisen, und stößt in ein Wespennest: Warum scheint alles, was in Port-au-Prince kriminell ist, hinter Georges her zu sein? Und besteht ein Zusammenhang mit der Mordserie, in der er außerdem ermittelt? Alle Opfer waren Alkoholiker und als Konsumenten von Katzenfleisch bekannt. Je weitere Kreise der Fall zieht, desto gefährlicher wird es für Dieuswalwe Azémar, der sich auch der Geister aus der eigenen Vergangenheit erwehren muss. Doch wenn selbst auf seine engsten Mitarbeiter kein Verlass mehr ist, bleiben ihm doch seine Tochter Mireya, seine Beretta und die zwei W in seinem Vornamen ...

166 S., Softcover, 12,00 €
ISBN: 978-3-940435-30-9

»*Eine grandios überbordende Lektüre. Großes Pulp-Kino.*«
krimi-couch.de

Platz 3 der Krimibestenliste von FAS und DLF-Kultur

Mehr Informationen und Leseproben auf unserer Website

LITRA*f*DUKT.de

GARY VICTOR bei Litradukt

Der Blutchor

Ein Mann fürchtet, das Schicksal der Kokosnüsse zu erleiden. Einem hohen Beamten wächst plötzlich ein Schwanz. Ein im Traum geschlossenes Geschäft wird beängstigende Realität. Ein Drogensüchtiger versucht, dem Programmierer seines Lebens auf die Spur zu kommen ...

Neun Erzählungen von Gary Victor, in denen sich Satire und Tragik, Realismus und Fantastisches zu jener Handschrift vereinigen, die seine Werke so unverwechselbar macht.

116 S., Softcover, 8,80 €

ISBN: 978-3-940435-23-1

»Blutig [...], vom Wahnsinn beleckt und zugleich ungeheuer komisch – ein grausiges Vergnügen eben.«

Rheinzeitung

Mehr Informationen und Leseproben auf unserer Website

LITRA*f*DUKT.de

GARY VICTOR bei Litradukt

Dreizehn Voodoo-Erzählungen

Inspektor Azémar jagt einen Mörder, der seine Opfer zu Brei stampft. Madame Honoré ahnt nicht, was für ein Gericht ihr Schwiegersohn ihr gerade serviert ... Kerou wiederum wird von dem Magier, dem er seine Karriere verdankt, eine schier unlösbare Aufgabe gestellt, aber für einen Sitz im Senat ist er zu allem bereit ...
Wie in *Der Blutchor* entfaltet Gary Victor sein Talent, die Abgründe des Lebens und der Menschen auszuleuchten. Schwarzer Humor vom Feinsten.

140 S., Softcover, 9,00 €
ISBN: 978-3-940435-27-9

»Dreizehn Mal schickt Gary Victor den Leser auf eine Odyssee der Gefühle.«
aus-erlesen.de

Mehr Informationen und Leseproben auf unserer Website

LITRA*DUKT.de